「気のせい、よね?」
は、フェリにひかれている——?
鋼殻のレギオス
CHROME SHELLED REGIOS
17 サマー・ナイト・レイヴ

鉄鞭がニーナの胸の前で交差され、
レイフォンに向かって跳躍してくる
クラリーベルの胡蝶炎翅剣が剄光を放ちレイフォンに迫る

「……よし」
レイフォンも覚悟を決める

「ひとつだけ約束しろ。
二人とも生きてたら
おれと戦え」

鋼殻のレギオス17

サマー・ナイト・レイヴ

雨木シュウスケ

ファンタジア文庫

1760

口絵・本文イラスト　深遊

目次

登場人物紹介

●レイフォン・アルセイフ　16　♂
主人公。第十七小隊のルーキー。グレンダンの元天剣授受者。戦い以外優柔不断。
●ニーナ・アントーク　19　♀
第十七小隊の小隊長。強くありたいと望み、自分にも他人にも厳しく接する。
●フェリ・ロス　17　♀
第十七小隊の念威繰者。前生徒会長カリアンの妹。自身の才能を毛嫌いしている。
●シャーニッド・エリプトン　20　♂
第十七小隊の隊員。飄々とした軽い性格ながら自分の仕事はきっちりとこなす。
●クラリーベル・ロンスマイア　15　♀
ティグリスの孫で三王家の一人。レイフォンを倒すことに闘志を燃やす。
●ハーレイ・サットン　19　♀
錬金科に在籍する、ニーナの幼なじみ。第十七小隊のメンテナンスを担当。
●メイシェン・トリンデン　16　♀
一般教養科の生徒でレイフォンのクラスメイト。強いレイフォンに憧れる。
●アルシェイラ・アルモニス　??　♀
グレンダンの女王。その力は天剣授受者を凌駕する。
●リーリン・マーフェス　16　♀
レイフォンの幼なじみ。グレンダン王家の血を引き右目に「茨輪の十字」を宿す。
●エルディン・リーヴェン　♂
リーリンの護衛役の青年。どこかレイフォンに似た雰囲気を持つ。

プロローグ

とても重要です。

そう言われてやってきたレイフォンは、なぜかいま掃除機《そうじき》を抱《かか》えていた。

休日の、午前だ。

「ええと……」

ふと我《われ》に返り、呟《つぶや》く。

重要な要件がある。部屋に入ってきた念威端子《ねんいたんし》にそう言われ、レイフォンは慌《あわ》ててやってきたのだ。それなのに掃除機を操《あやつ》っているというのはどういうことなのだろう？

わからない。自分がなにをしているのかよくわからない。

掃除をしているという事実ではなく、なぜ自分が掃除をしているのかがわからない。

「あの……」

その答えをくれそうな人物に、レイフォンは控《ひか》えめに声をかけた。

「なんですか？」

普通《ふつう》に尋《たず》ね返されて、レイフォンは困った。

その人物はゆるいシャツにショートパンツという部屋着姿《へやぎすがた》で、そのうえソファの上で膝《ひざ》を抱《だ》く姿勢《しせい》でレイフォンが掃除する姿を眺《なが》めている。

「なんで僕、掃除してるんでしたっけ？」

「嫌《いや》なんですか？」

「え？」

「わたしの部屋を掃除するのが？」

「あーいえ、掃除そのものは別に……」

「ならいいじゃないですか」

「いや、いいと言えばいいんですけどね」

なぜ？　を聞いているのであって、好きか嫌《きら》いかがいまの問題なのではない。

しかしそれを、面と向かって言えるほどレイフォンに勇気はない。

なにより、なんだか今日のフェリはいつもより神経質になっているような気がする。

言い方を変えれば、イライラしている。

格好そのものも普段《ふだん》から考えればありえない気がする。それはこの倉庫区に近いアパー

トに越《こ》して来てご近所生活していてわかったことだが、なんというか、彼女は人前に出るときにはもっとしっかりした格好をしているはずなのだ。ニーナやメイシェン、クラリーベルのパジャマ姿を見ることは何度かあったが、フェリのパジャマ姿を見たことはいままで一度もない。

制服か外出着のどちらかしか見ていない気がする。

あるいはレイフォンが外出着と思っている服こそが部屋着という可能性もある。

（お金持ちだし）

フェリの実家はとてもお金持ちという話だ。

どうしてこのアパートに越してきたのかよくわからない。家賃を下げるにしても、フェリにはここまで下げる理由はないような気がするのだが。

しかしそれもまた、面と向かっては聞けない。

なぜか、聞いてはいけない気がする。

掃除をするといってもフェリの部屋がそれほど汚《よご》れているというわけではない。彼女は彼女でちゃんと掃除をしている様子だ。

大掃除を手伝わされているというのではない。本当に、日常の掃除をやらされている。

（？　？　？）

フェリはといえばソファの上に座《すわ》って足の爪《つめ》を眺《なが》めている。なにがしたいのだろう？

それに、イライラしている様子なのも気になる。

（気に障《さわ》ることしたかな？）

本当にわけがわからないまま、リビングと廊下《ろうか》の掃除をさせられてしまった。

「あの、終わりました……けど？」

「……ご苦労様です」

怖々《こわごわ》と話しかけると、フェリはやはり不機嫌《ふきげん》にレイフォンを見上げた。

「ええと、それで？」

「……今日はなにもしたくない気分なんです」

フェリはいつも以上に小さな声でそう言った。

「はぁ……」

窓を見る。掃除機をかけていたため開け放していた窓からは、夏期帯の熱気が入り込んでいる。フェリの指が苛立《いらだ》たしげになにかを叩《たた》いている。見れば空調のリモコンだった。

レイフォンは窓を閉《し》める。すかさずスイッチが押《お》され、涼《すず》しい風が室内を巡《めぐ》り始めた。

「暑いからですか？」

「まさか」

涼しい風にほっとした様子を見せていたフェリだが、そう言われるとまた不機嫌に戻《もど》った。失敗したかなと思ったが、追い打ちの口撃《こうげき》をかけられることがないので、実はそれほど不機嫌なわけではないのかもしれないとも思う。

しかし一体、なんなのだろう？

「なにもしたくありません」

「……それで、なにをすればいいんですか？」

再び主張するフェリに、レイフォンは尋《たず》ねた。

つまり、レイフォンになにかして欲《ほ》しいのだ。不機嫌の理由はよくわからないが、とにかくそういうことなのだ。

今日はとくに予定があるわけでもない。そういうことならフェリの言う通りにしよう。

「えーと、とりあえずこの時間からだと昼食かな？　なにかリクエストあります？」

「熱くないのを」

「了解《りょうかい》です」

キッチンで材料を確認《かくにん》し、自分の部屋に戻って補給すると、冷製パスタを作り始めた。

それから、フェリのわがままに夕方まで付き合うことになる。

昼食の支度《したく》からその後、部屋の模様《もよう》替えもやった。家具の配置を気まぐれに指示される。武芸者《ぶげいしゃ》なので力仕事そのものは苦にならないのだが、方針が決まらないまま、右から左にあれこれと家具を動かさなくてはならないのは、なんというか、心が疲《つか》れる。

「もういいです。全部戻してください」

最後にそれを言われてレイフォンは大いに脱力《だつりょく》した。

「うーん」

「どうかしましたか？」

相変わらずリビングのソファに陣取《じんど》ったままのフェリを見て、レイフォンは黙《だま》って首を振《ふ》った。

そして、家具を元に戻す。

なんとなく、気まずい空気が生まれているような気がする。

そんな空気のまま、レイフォンはあちこちに動かした家具を元に戻し、動かしたことで隠《かく》れていた埃《ほこり》が出てきたため、再び掃除機をかけた。

再び部屋がきれいになったときには時計の針は夕方を指していた。

「さて……」

掃除機を片付け、元通りになった部屋を見渡《みわた》してレイフォンは息を吐《つ》いた。ざっと見たところ汚れたところはもうない。

ついに食事時以外はソファに座ったままだったフェリは、不機嫌な様子で壁《かべ》を見つめていた。

「どうします？　夕食も作ります？」

「なに言ってるんですか？」

振《ふ》り返《かえ》ったフェリには驚《おどろ》いた雰囲気《ふんいき》があった。

「え？　だって、もうすぐ夕御飯《ゆうごはん》の時間ですけど？」

「そういうことではなくて……」

このときばかりは、いくら普段から人に鈍感《どんかん》と言われているレイフォンでも理解できた。

怒《おこ》っていないのかと、フェリは聞きたいに違《ちが》いない。

「ああ、えーと、うん……少しは怒ってますけど、もしかしてって思うこともあるし……」

「あるし……？」

「喧嘩《けんか》してもごはん抜《ぬ》きだけはしないというのがルールだったもんで、なんとなく」

孤児院《こじいん》での話だ。厨房《ちゆうぼう》に立てる者がごく自然に権力《けんりよく》を握《にぎ》る構造だったため、独裁《どくさい》を阻止《そし》する意味でもごはん抜き宣言は禁止しようという話になっていた。

そういうことが体に染《し》みついている。

もちろん、レイフォンが夕食を作らなくてもフェリにはお金もあるし移動の手段もある。買いにでも食べにでも、出かけることはできる。

しかし、今日のフェリは出かける気力がないようにも見えた。

「はぁ……」

深いため息を吐いて、フェリはソファに倒《たお》れ込《こ》んでしまった。

「なにかする気なんですか？」

聞いてみる。するとフェリは驚《おどろ》いて顔を上げた。

「どうして!?」

「いや、なんていうか、そんな雰囲気《ふんいき》っていうのか……」

言葉を探《さが》して、レイフォンは天井《てんじょう》を眺めた。

そして、思いつく。

「テスト前って、いまする必要なんてないのに掃除とか片付けとかしたくなりますよね。あのときの感じがフェリにしたので」

やらなければならない。でもできればやりたくない。気持ちの踏《ふ》ん切《ぎ》りが付かず、別のことばかり考えてしまう。

そういう空気をフェリに感じたのだ。

「テスト前なんて……失礼な」

と言いはしたものの、言葉そのものに力がない。

「いつもお世話になってるし、こんなので少しはすっきりするならいいかなって思ったんですけど……」

「……そうですね。そこまでわかってくれたのは嬉《うれ》しいことです」

脱力した様子でフェリが答えた。

「じゃっ、とりあえず夕食にしましょうか。なにか食べたい物ありますか？」

「そうですね。では、腹持ちがよくて、でも胃がもたれないものを」

「なかなか難《むずか》しいですね」

「長期戦になるか、短期で決着が付くか、自分でもわかっていないものですから……とにかく調子を万全《ばんぜん》にしたいのです」

「なるほど……」

フェリのほとんど動かない表情でも、それが本気の言葉だということは濃厚《のうこう》に感じられた。レイフォンもそんな彼女の期待に応《こた》えるべく、考える。

薄味《うすあじ》の野菜スープに軽い食感のパン……そう考えると頭の中で必要な材料が浮《う》かんでく

る。

「スープの材料は足りるけど、パンがないなぁ。後で買いに行くとして……」

そう言うと、レイフォンはてばやく野菜を切ってスープの準備を進めていく。

「さて、じゃあパンを買ってきます。鍋《なべ》を見ててください。吹《ふ》きこぼれそうになったら火を切ってくれていいですから」

そう言い残すと、レイフォンは部屋を出て行く。

フェリは、返事をする暇《ひま》もなかった。

「まったく……」

レイフォンの気配が残った部屋に一人、フェリはため息を零《こぼ》してキッチンを見た。

「やはり鈍感なのでしょうか。あれで怒らないなんて」

怒って欲しかったわけではない。しかし、みっともない自分を見て、彼がどう思うか、それは気になった。

「……いまさらですか。そんなの」

全《すべ》てをわかった気になっているわけではない。しかし、レイフォンの人の好《よ》さはいまさら試《ため》すまでもなかったということなのだろう。

しかしそれでも、予想とは少し違った。レイフォンが困って困って……その後でフェリが謝《あやま》るという流れになるだろうと思っていたのが、違った。

それは、嬉しい誤算《ごさん》だった。

「いいですよ。わたしは、あなたに付いていくと決めたんですから」

呟《つぶや》き、フェリの中でもやもやとして定まらなかった踏ん切りがようやく、付くべきところに付いたことを感じた。


今夜、デルボネの遺産《いさん》、その最深部に挑戦《ちょうせん》する。

改めて決意をする。

食事の席でレイフォンにそれを言おう。

そうしたら、彼はどんな顔をするだろう？

「せいぜい、恩を感じればいいんです」

淡々《たんたん》と呟き、フェリはソファから下りると寝室《しんしつ》へと向かった。

こんな格好で夕食には出られない。

01　彼女の決意

それは見えないけれど、触《ふ》れられないけれど、とても大切なもの。
そのことを思えば胸が熱くなる。心が締《し》め付《つ》けられる。
大事にしたい。大切にしたい。
胸の奥《おく》に秘《ひ》めておきたい。
大事な大事な宝物のように、宝箱に鍵《かぎ》をかけて。
大切に。大切に……

†

生活の場が近くなったからといって、それで一緒《いっしょ》にいられる時間が増《ふ》えたかというと、そうでもない。
朝は自分で始めたケーキ屋が忙《いそが》しいし、夕方は夕方で新商品のアイディアがないものかと食材や他《ほか》の店を見て回ることが多くなった。そうなると自然、顔を合わせていられるのは校舎にいる時間帯ということになる。

「つまり、一年の時とそんなに変わってないってことよね」

「うぅ……」

ミィフィの結論に、メイシェンは唸《うな》るしかなかった。

昼休憩《ひるきゅうけい》の時間だ。一緒《いっしょ》にお昼を食べているのはミィフィだけ。ナルキは都市警察《けいさつ》の仕事に呼ばれてしまった。

「いや、むしろ時間減《へ》ってない？」

教室を見渡《みわた》した幼《おさな》なじみに反論できず、メイシェンも振り返る。視線の先にはレイフォンの席があるのだが、そこには誰《だれ》もいない。

ここ最近、レイフォンはなにやら忙《いそが》しげにしている。授業間の短い休憩はともかく、昼休憩はほとんどどこか出かけていなくなっていた。

「なーんか、レイとんも最近、顔つきっていうか目の色っていうか、雰囲気変わっちゃってない？」

「うーん」

言葉を濁《にご》したものの、メイシェンもそう感じているところがある。それを、どう表現すればいいのかミィフィと同じように迷ってしまう。

がんばれるものを見つけた。そういう風に言ってしまってもいいような気がするのだが、しかしなにか違うような気もするのだ。

そこに楽しさがないというか、必死すぎるというか。

「……思《おも》い詰《つ》めてる？」

「ああ、そうかも」

ぽろりと零《こぼ》れた言葉に、ミィフィが大いに頷《うなず》いた。

「なんかちょっと余《よ》裕《ゆう》がない感じだよね。普《ふ》段《だん》のレイとんはいつも通りっぽいし、実際、なんかのんびりしてるってところは変わってないと思うんだけど。ていうか、一年の時からバイトだなんだでそんなに暇《ひま》してなかったはずなのに、最近なんか、目つきが違うっていうか、うーん、やっぱ変だ」

「なにか、大変なことでも起きてるのかな？」

レイフォンは武《ぶ》芸《げい》者《しゃ》だ。それも武芸者の集《つど》う武芸科の中で、精《せい》鋭《えい》を募《つの》って作られた小隊の一つ、第十七小隊に所《しょ》属《ぞく》している。

その中でも個人戦では頂点に立っているだろう人物だ。

そんな彼が必死になっている姿を見ると、なにかが起こっているのではないかと不安に感じもする。

「どうかなぁ……会長とかはそんなに様子が変わってないから、そういうのではないと思うんだけどな」

ミィフィは記者のバイトをしているため、そういう情報には詳《くわ》しい。

「秘密にしてても偉《えら》いさんの動きとか表情とか見てればなんとなくわかるもんだけど、生徒会には特になにか動きがあるってわけでもないのよね」

「そっか」

ミィフィの言葉でほっとした。去年の最後にあったあんな大騒動《おおそうどう》がまた起こるのかと思ったので、不安だったのだ。

しかし、それよりもなによりも……

「レイとん、大丈夫《だいじょうぶ》かな」

去年を見ていても、ああやって思い詰めた様子を見せた後は、大きな怪我《けが》を負ったりしている気がする。

人に打ち明けられないようななにかを抱《かか》えているのだろうか？　生徒会が関係ないのだとしたら、個人的ななにか？

「なにか、力になれないのかな？」

そうは言ってみるものの、レイフォンのために自分になにができるのかもわからない。

「もっと一緒の時間が増えると思ってた？」

「そんなつもりは……」

ミィフィに意地悪く聞かれて、メイシェンは困った。

そのつもりがなかったと言えば、嘘《うそ》になる。だが、ケーキ屋をするための場所を探していたのも本当だ。少しは慣れてきたとはいえ、多くのお客と顔を合わせるような店の責任者にはまだなれるとは思えなかった。だから、ケーキを卸《おろ》すような店にしようと考えていたのも本当だ。

店舗《てんぽ》候補《こうほ》が見つからなかったのも本当。

ただ、その理由が、幼なじみたちと住んでいた部屋から通える範囲《はんい》という条件で探していたからというのがある。

住む場所を変える気があれば見つけることはできる。客を招《まね》くのでないのであれば、中心から外れた場所でもいい。

しかしそれだと、ミィフィとナルキには不便な場所になる。

二人とは、できれば離《はな》れたくない。

その気持ちが店舗探しの邪魔《じゃま》になっていたのも、本当だ。

だから、レイフォンの引越祝い《ひっこしいわ》の席で、その場のノリというか勢いでとはいえ一人暮《ぐ》らしを決意したのは、店探しも解決する最良の選択《せんたく》だったといまでも思っている。

ケーキ屋の方は、バイトに入ってくれた同じアパートのヴァティ・レンのおかげもあって順調にいっている。

しかし、レイフォンとは以前よりも顔を合わせられていないような気がする。

「そりゃ、ね。たった一年とはいえ、色々変化はするわよね」

茶化すのに飽《あ》きたのか、ミィフィがまじめな顔で呟く。

「わたしだって任《まか》される仕事の責任がちょっと増えたりとかさ、ナルキだってそういうのはあるみたいだし」

「うん」

メイシェンだって自分で店を持った。これが、たとえば故郷《こきょう》でやろうと思ったら、お金を貯《た》めるのにもっと時間が必要だっただろう。だが、学園のシステムは生徒がやりたいことを援助《えんじょ》する制度がしっかりしているため、こんなに早く実現できた。

やりたいことがあるならなんでもやってみればいい。それが学園都市の理念なのだ。

だから、やりたいことがある生徒はすぐに忙しくなる。

メイシェンしかり、ミィフィしかり、ナルキしかり。

同じように、レイフォンもそうなのかもしれない。

「でもさ」

「うん？」

ミィフィの言葉にメイシェンは顔を上げる。

「レイとん、深刻《しんこく》そうだけどさ。ちょっと楽しそうでもない？」

「……そうかも」

その言葉にメイシェンは納得《なっとく》した。いつもと違《ちが》うと感じていた部分に、その言葉がすとんとはまり込んで、それはもう、間違えようもないものに思えた。

「それなら、レイとんにとってはいいことなのかな？」

「かもね」

ミィフィが頷き、二人はしばらく話題もないまま昼食を口に運んだ。

（でも……）

なにをしているのかわからない。

それ以上に、まだなにか、不安が隠《かく》れているような気がする。それはレイフォンがなにをしているかではなく、それをレイフォンがすることによって生まれる結果の一つに関《かか》わっているような……

そんな、予感でしかない小さな不安が、しかし棘《とげ》のようにメイシェンの胸に深く食い込んで取れることはなかった。

†

メイシェンに心配されているレイフォンだが、なにをしているのかといえば訓練だ。

いまは、校舎の屋上にいる。

殺剄《さっけい》をした上で剄を練《ね》る訓練だ。気配を殺すということは剄の流れも外には漏《も》らさないということでもある。その状態で剄を練るということは、体内に余分な熱をため込むということでもあるが、その余分な熱を発生させないようにすることができるならば、それは最上級の効率的な錬剄法《れんけいほう》となる。

剄を練る速度が上がれば、技《わざ》を出す速度も上がる。

連弾《れんだん》を重ねる速度も上がる。

錬金鋼《ダイト》の著《いちじる》しい性能向上が望めない以上、剄の使い方そのものを見直さなければならない。いまのこの使い方でも錬金鋼に異常な負荷をかけることには変わりないが、それでも技の一つも使えないいまま錬金鋼が崩壊《ほうかい》するということはなくなった。

いっそ、錬金鋼なしで剄技を行えばいいのではないかと考えないでもない。

しかし、錬金鋼にはその材質の性格と内部の構造によって剄を効率的に変換《へんかん》させる能力がある。その能力を無視した剄技となれば、衝剄《しょうけい》のような単純な技しか実現できない。

いまさらだけど、それはそれで、また使い道はあるだろうが。それだけを武器に戦うわけにもいかない。

「僕《ぼく》って器用貧乏《きようびんぼう》なんだろうな」

ふと思って、レイフォンはため息を吐《つ》いた。

こと武芸に関してなら、レイフォンは様々な分野で小器用にこなしてしまう。むしろそれが問題なのではないかと思うこともない。いざというときに選択肢《せんたくし》が多いということは強みだとは思うのだが、選択肢一つ一つの数値が低くなってしまうのも事実だ。

大半の天剣授受者《てんけんじゅじゅしゃ》はそのときに採《と》れる選択肢は少ない。だが、その少ない選択肢の中に秘《ひ》められた力的数値は絶大であり、それこそが天剣授受者たる所以《ゆえん》のようにも思う。

ジルドレイドに『小手先の小僧《こぞう》』と言われたことが気になっているのだ。

自分がなにか一つ、優《すぐ》れているものを選べと言われれば、それはやはり刀術だろう。だが、いまさら鋼糸《こうし》を抜《ぬ》きにした戦い方に変更《へんこう》しようとは思えない。それはそれで自らの血肉となっている自覚がある。

しかしその鋼糸でリンテンスに敵《かな》うかと問われれば、困る。

「とにかく……連弾の強化。後は剄路を広げる方法でもあればいいんだけど」

当面の目標を定めつつ、しかし再び嘆息《たんそく》する。錬金鋼《ダイト》以上に、肉体そのものの剄の限界も超《こ》えたい。それには剄の通り道である剄路の拡張が必要なのだが、それは訓練ではどうしようもないものと言われている。

「せっかく、わかりかけてるのに……」

ため息を重ねる。

なにかが見えたのだ。

この間の任務で遭遇《そうぐう》した無人都市と、そこで出会ったジルドレイドという名の老武芸者。老人はニーナの大祖父……祖父や曽祖父《そうそふ》よりもさらに昔《むかし》の血筋《ちすじ》の人物であるらしい。その人物がツェルニへとやってこようとしていたのを、レイフォンとニーナで防いだ。その途中《とちゅう》でさらに正体不明の、汚染獣《おせんじゅう》とおぼしき怪物《かいぶつ》と戦ったりもした。

そんなことがあってもなお、ニーナは語らない。

しかしそれは、『語らない』のではなく、『語れない』のではないか？　そうも思うようになった。

「あなたにしては冴《さ》えているかもしれませんね」

あとでフェリに説明すると、そう言われた。

「途中《とちゅう》で現われた怪物《かいぶつ》が気になります。話を聞く限り、形態を自由にできるというだけではなく、極微《ごくび》の物質それぞれに独自の判断能力があり、それらが群体的な活動をして、一個の怪物という形を取っている可能性がありますね」

「……あ」

フェリの難しい言い回しはほとんど理解できなかったが、『群体』という部分で思い出す老生体が一ついた。

「ベヒモト」

グレンダンにいた頃《ころ》、レイフォンがまだ天剣授受者《てんけんじゅじゅしゃ》だった頃に、リンテンスやサヴァリスとともに戦った老生体を、デルボネがそういう風に説明した気がする。

「なるほど、そういう前例があるのだとしたら、そこにいたのがそういう存在である可能性は非常に高いですね。ならばさらに、その存在が極微の物質の状態でこのツェルニに潜《せん》伏《ぷく》し、監視《かんし》を行っている可能性も考えなくてはいけません」

「そんな……」

「ないとは言いきれない状況《じょうきょう》です」

フェリに断言されて、レイフォンもそれを否定できる根拠《こんきょ》を持ち合わせていなかった。

「監視されている可能性があるとなると、わたしたちも迂闊《うかつ》な行動や発言はできませんね」

「あっ……そうですね」

「では、なるべくこの会話はしないということで」

「はい」

「いまはこちらも都市や隊長の状況《じようきよう》を観察しつつ、力を蓄《たくわ》える時期ということですね」

フェリのその言葉で、レイフォンは黙々《もくもく》と訓練に勤《いそ》しむ日々を過ごしている。

いつまでそうしていればいいのか？

わからないまま、いつの間にか季節は夏期帯に入ってしまっている。

焦《あせ》る気持ちがないではない。だが、よくよく考えてみれば、この重圧は、グレンダンでいつ汚染獣《おせんじゆう》が襲《おそ》ってくるかわからない日々の中で訓練しているのと変わらないと思うこともできると気付いた。

そう考えれば心が落ち着く。追いつめられた心境で失敗を繰《く》り返《かえ》すのは去年に起きた色々なことでもうこりごりだ。

「要は考え方なんだ」

剄《けい》を練《ね》りながらレイフォンは呟《つぶや》く。いまの自分の課題は、この校舎にいる武芸科《ぶげいか》の生徒たちに自分の剄を悟《さと》られないままどれだけ剄を練ることができるかだ。

殺剄《さつけい》をして剄を練るということは、風船に空気を入れるのに似《に》ている。殺剄が風船で、剄が空気だ。風船の強度が許す限り、空気はそこに入り続ける。風船は大きくなるが、風

あの大ヒットミステリーが
武田日向のイラスト満載で
ビーンズ文庫に登場!!
TVアニメ
放映中!!
第1巻・第2巻
4月1日
同時発売!!
第1巻 GOSICK
—ゴシック—
第2巻 GOSICKII
—ゴシック・
その罪は名もなき—
GOSICK
—ゴシック—
著／桜庭一樹 イラスト／武田日向
角川ビーンズ文庫
少女小説 No1宣言
角川書店

船が割れる音がしない限り、そこに風船があることは気付かれない。

つまりは、どこまで風船を割らずに空気を入れられるか？　空気を入れる速度はどれぐらいが適正か？　風船そのものの強度を上げることはできないのか？　そういうことを考えながら風船を膨《ふく》らませていく。

殺到をしながら勁を練るということは、そういうことだ。

「考え方……」

もう一度、呟く。

ニーナがなにかの問題に巻き込まれている。しかもかなり重大な問題に、ということは判明した。

だが、問題そのものが見えているわけではない。

しかしそれを、グレンダンにいた頃の自分で置《お》き換《か》えてみれば、意外にすんなりと焦《あせ》りを消すことができた。老生体の能力は千差万別、様々だ。出会ってみなければその正体が判明しないということの方が多かった。

敵《てき》がわからないなんていうのは、考えてみればいつものことなのだ。

ニーナはここにいる。なら、敵はいつかここに現われるのかもしれない。あるいはニーナがいつかここを去るときがくるのかもしれない。

「それならそのときは、僕も付いていくだけ……」

そう呟く。

呟いた後に、疑問が小さく浮《う》かんでくる。

どうしてそこまで……？　という疑問だ。

ニーナのために自分がそこまでする必要があるのか？

「どうかな？」

よくわからない。

だが、それで見捨てていいという気持ちにもならない。そういう考えをしただけで後ろめたささえ感じてしまう。

人が好《よ》すぎるからなのか？

「恩はあるよね」

ツェルニに来たときの自分は、武芸者としての自信を完全に喪失《そうしつ》していた。故意《こい》にではないとはいえ、ニーナの強引《ごういん》さがレイフォンを武芸者という位置に引き止め、そのためにいろんなことが起きて、結果、いろんなことが解《ほぐ》れた。

新しい問題が起きもしたけれど、しかしそれはレイフォン自身の問題であって、ニーナが原因というわけではない。

ニーナがいたおかげで、レイフォンは武芸者でいられた。

「ほっとくなんて、できるはずない」

もう一度呟く。

「……に、しても、なにも起きないけど」

とはいえ、あの無人都市での戦いからすでに季節が変わってしまった。あれから目だった変化はなく、汚染獣が襲ってくるということもない。至って平穏《へいおん》な日々が続いている。

あるいはこれこそが学園都市の日常というものなのかもしれないのだが、グレンダンで育って今日まで波乱《はらん》含みの日々を送ってきたレイフォンには、少々落ち着かない日々であることもたしかだった。

「でも、ほんとはこれが一番いいんだよね」

ほのぼのとした台詞《せりふ》に馴染《なじ》めないのは、実はレイフォンだけなのではないかという不安がよぎる。重大事に備《そな》えているからというわけではなく、それこそ生まれてからの環境《かんきょう》のためにだ。

ただ、いまは一つ、別の心配事がある。

フェリだ。

デルボネの遺産《いさん》に挑戦《ちょうせん》すると言ったのは二日前。

それからずっと、部屋から出てこない。

「あれでよかったのかな？」

考えると緊張《きんちょう》する。

念のためにと部屋の鍵《かぎ》を預《あず》かっていたレイフォンは、こっそりとフェリの様子を見に行っている。

フェリは、ベッドで眠《ねむ》っていた。

呼びかけても返事はない。呼吸は安定しているし、顔色が悪かったり熱があったりする様子もない。

デルボネの遺産とは、彼女の戦闘経験《せんとうけいけん》のデータだとフェリは言う。

経験を機械のデータのように念威繰者《ねんいそうしゃ》同士でやりとりするなんて聞いたことがない。だからこれは、デルボネだからこそできたことなのだろう。

そして、フェリだからこそ受け取れたということなのか。

ならば、解析《かいせき》と継承《けいしょう》に挑戦できるのもフェリだけということになる。

そして、それがどういう結果をもたらすのかも、フェリの身をもってしかわからない。

成功しても、失敗しても。

「早ければ、ほんのわずかな時間で終わるでしょう。しかし、長引けば脳内での時間感覚

と現実での時間感覚に大きなズレが生じる場合があります。そのときには長く寝《ね》ているこ
とになるかもしれません」
挑戦の前にその危険性を聞かされて、血も凍《こお》るような気持ちになった。フェリに挑戦を
止《や》めるように促《うなが》しもした。
だが、フェリは止めなかった。
「彼女の持つ情報にいまの問題の鍵《かぎ》となるものを期待していましたが、戦闘の経験データ
と言われていた以上、あまり期待しすぎるのも問題でしょう」
「それなら……」
「しかし、彼女の念威繰者としての経験を手に入れるというだけでも、挑戦するには十分
すぎるほどの意味があります」
そう言われると、レイフォンはなにも言えなくなる。
それは、そうだ。
なぜなら、レイフォンはデルボネ以上の念威繰者を知らない。レイフォンが物心ついた
ときから天剣授受者《てんけんじゅじゅしゃ》としてグレンダンを見守り続け、数え切れないほどの戦場を経験して
いる。
その経験が手に入るという。レイフォンが念威繰者なら是《ぜ》が非《ひ》でも欲しいのではないだ

ろうか。

しかし、フェリは……

「そう。フェリは、念威繰者を辞《や》めたいんじゃないですか？」

「いま、辞められる状況ですか？」

「………いえ」

「辞められないのなら、上を目指します。そのために必要なものがすぐそばにある。多少の危険があっても、手を伸《の》ばす価値はあると思っています」

フェリの言葉に、レイフォンはそれ以上逆らえなかった。

だから、レイフォンはいま、心配で落ち着かない気持ちになっている。殺到にも集中しきれず、頭の中でグルグル回る記憶《きおく》に向かって呟いてしまっている。

「だけど、やっぱり止めた方が良かったのかな」

振り返った記憶にそう呟いてみる。脳内に残っていた記憶の残滓《ざんし》は、想像で続きを作り、レイフォンのその言葉に顔をしかめるフェリという図ができあがった。

想像の中のフェリにさえも呆《あき》れられてしまう。

「そうだよね」

それを言うのなら、フェリに協力を仰《あお》がなければ良かったのだ。もしフェリになにも言わなければ、彼女は武芸科から一般教養科《いっぱんきょうようか》に転科していたかもしれない。兄の束縛《そくばく》から解放されたいま、本当の意味で新しいことに挑戦するためにそうしていたかもしれない。

それを遮《さえぎ》ったのはレイフォンなのだ。

「ああ、もう」

自分の言葉があるからフェリはそこまでしてくれている。

そう考えると、申し訳なさで身が悶《もだ》えそうになる。自分はこんなことでいいのかと思えてくる。こんな程度の訓練で、こんな程度の、進歩とも呼べないような進歩でいいのかと問いたくなる。

自責の念で立ち止まることはできない。いまも眠ったまま、挑戦を続けているフェリにさらに申し訳ない気持ちになってしまう。

だが、やれることは他《ほか》にない。

「……隊長って、こんな気持ちだったのかな？」

出会った頃《ころ》のニーナのことだ。去年までのツェルニは武芸大会の成績不振《ふしん》によって保有セルニウム鉱山《こうざん》が減少しており、存続が危《あや》ぶまれていた。そんな状況を、ニーナは第十七小隊を立ち上げてなんとかしようと奮闘《ふんとう》し、最近とはまた違《ちが》う意味で必死だった。

目的がそこにあるのに、自分の力が足りないから辿《たど》り着《つ》けない。そんなもどかしさがニーナから滲《にじ》み出ていたように思う。

辿り着けないなにかがずっとそこにある感触《かんしょく》だ。それは、レイフォンの軸《じく》となっている武芸《ぶげい》の強さとはまた別の部分で存在し、レイフォンを焦《あせ》らせ、しかしなにをしていいのかを示してはくれない。

去年のニーナは、なにかをしなければいけないという使命感に追われるようにまっすぐに突《つ》き進《すす》んでいた。

去年のニーナのように、レイフォンもいま、なにかをしなければいけない。武芸者として強くなるということとは、別のなにかをしなければいけないような気持ちがある。

しかしそれがなにかはまだわかっていない。

強くなっていなければならない。ニーナが巻き込まれているなにかで、レイフォンは力になると決めたのだから。

「……それだけかな」

そのために強くなる。

この結論に戻《もど》るのはわかりきっているのに、気がついたらこのことを考えている。

「はぁ、僕って割り切れないなぁ」

訓練を続けながらレイフォンはため息を吐《つ》いた。割り切れないもやもや感はずっとある。ニーナの前に立ちふさがっている謎《なぞ》。これから起こることとはなんなのか。それはグレンダンにも関《かか》わることなのか。

つまり……リーリンにも。

「…………はぁ」

考えると気分が重くなる。集中も途《と》切《ぎ》れてしまった。

「もうすぐ休憩《きゅうけい》も終わりかな」

そういえば昼食を食べてないことに気付いた。授業中に思いついたことがあって、それをどうしても試《ため》したくて、それでそのままになってしまった。

「ああ、どうしよう？」

しかも弁当は教室に忘れてしまっているようだ。

「いまからなら間に合うかな？」

生徒会棟《とう》の中央にある時計塔《とう》がここからよく見える。確認《かくにん》してみると、時間的にかなり厳《きび》しかった。取りに行ったらちょうど講師役の先輩《せんぱい》が来ていましたという具合になりそうだ。

「ううん、とりあえず購買《こうばい》でなにか買って、弁当は放課後に回そうかな？　ああでも、購買もなにも残ってないかも」

二年校舎周辺の食堂や購買の状況を考え、唸《うな》る。買う側が学生なら売る側も学生なのが学園都市だ。授業が普通《ふつう》に行われている時間に開いている店は少ない。

なので、授業をサボって……という選択肢《せんたくし》は採《と》りづらい。繁華街《はんかがい》にまで出れば、授業時間が比較的《ひかくてき》自由な上級生を相手にした店が開いてなくもないが、そんなところで下級生であるレイフォンが授業時間内に食事をしていれば目立つ。

「はぁ……我慢《がまん》かなぁ」

次の授業間休憩に食べればいいのだが、空腹を抱《かか》えて授業を受けることを考えると気が滅入《めい》ってしまう。

「……あれ？」

と、レイフォンはこの屋上へと誰かが上がってくる気配に気付いた。階段を上る足音、息づかいを訓練で高まっている聴覚《ちょうかく》が拾い上げる。

知っている音だ。

「メイシェン？」

足音からして急いでいる様子だ。

まさかレイフォンを捜《さが》しに来たわけではないだろうが、しかし気になる足音だったので、レイフォンはいまだ続けていた殺剄《さっけい》を解《と》いて、練《ね》り上げていた剄をゆっくりと空に向かって放った。

こうすれば、他《ほか》の武芸者たちに気付かれないまま、放出するしかない剄を処分できる。

足音が屋上に辿り着いた。

「あ、レイとん。ほんとにいた」

「え？」

メイシェンも驚《おどろ》いている様子だったが、そんなことを言われたレイフォンも驚いた。

「え？　僕を捜《さが》してたの？」

「うん。だって、お弁当を教室に忘れてたから。すぐに戻るのかなって思ったらそうじゃないし」

メイシェンの手にある弁当の包みに、レイフォンは目を輝《かがや》かせた。

「うわっ、ありがとう。忘れてて、お昼どうしようかって思ってたんだ」

「そうなんだ。よかった」

「ところで、どうやって僕を見つけたの？」

ほっとした様子のメイシェンにレイフォンは尋《たず》ねた。

彼女の言い方からして、レイフォンがここにいるのを知っていた節《ふし》があった。

だけど、レイフォンはさっきまで殺到をして訓練をしていた。

人に気配を読まれたりはしていないはずだ。

「ヴァティが教えてくれたの」

「ヴァティが？」

ヴァティ・レン。今年からの新入生で、そして同じアパートの住人であり、そしてメイシェンの店で働く店員でもある。

「でも、彼女がどうして？」

彼女は一年だ。この時間に二年の校舎にいる理由はないはずだが。

「外に捜しに行こうとしてたら彼女と出くわして、それで教えてもらったの」

「ふうん」

頷《うなず》いてみたが、納得《なっとく》できるものではない。

「どこかで見られたのかな？」

気になりはしたが、深刻《しんこく》に考えることでもないのかもしれないと思った。気配そのものが読まれなくなったとしても、見えなくなったわけではない。偶然《ぐうぜん》目にしてしまったのかもしれないし、そもそも、訓練前に屋上へと上がっていくレイフォンを、二年校舎に用のあった彼女が見ていたのかもしれない。

とにかく、いまのレイフォンは食欲《しょくよく》を優先した。メイシェンの持って来てくれた弁当を食べるべく、その場に座《すわ》る。

「今日のお弁当はレイフォンが作ったの？」

「晩ご飯を作りすぎちゃうからね。残り物の使い回しがほとんどだけど」

アパートでの半共同生活ということになって、レイフォンやメイシェンがみんなの夕飯を作る機会が多くなっていた。

もともと、レイフォンは料理を多めに作ってしまうくせがあったため、こうして料理が残ってしまうことが多い。しかしほとんどは翌日の弁当に回しているので、食べきれずに捨てるということにはなっていない。

「最近、あんまりお弁当作れなくなってるね、ごめんね」

「そんな。もともと、去年はメイシェンに甘《あま》えてたところがあったんだから」

いまでも暇《ひま》があればメイシェンがお弁当を作ってくれるが、その頻度《ひんど》も一年生のときほどではない。

「メイシェンもいまは忙《いそが》しいんだし、しかたないよ」

ケーキ屋の仕事で毎日、朝がかなり忙しい様子なのだから、以前のようにしてもらおうと考えるのは間違《まちが》っている。

「それでもお弁当作ってる方が驚きだよ。メイシェンはすごい」

「そんなの、自分のを作ったついでだから」

「でもやっぱり、すごいよ」

本心からの言葉だ。メイシェンは自分がやりたいことにちゃんと向き合って、そして苦《にが》手《て》なことにも向き合っている。幼《おさな》なじみの陰《かげ》に隠《かく》れるようにしていた一年のときから、今は一人暮《ぐ》らしに変わって、しかも自分の店まで持っている。

「メイシェンはすごい。すごくないはずがないよ」

「そんな……」

真《ま》っ赤《か》になって黙《だま》り込んでしまったメイシェンは一年の時から見ていた彼女だ。だけど、ケーキ屋で働いているメイシェンは瞳《ひとみ》の輝《かがや》きが違《ちが》う。まっすぐにそれに集中して、しかも心から楽しんでいる空気がある。

それがレイフォンにはとても羨《うらや》ましい。

やりたいことがはっきりしているメイシェンは一年生のときから羨ましかった。そして、そんな彼女が自分の目的に向かってちゃんと進めていることは、羨ましくもあり、自分のことのように嬉《うれ》しくもある。

「僕《ぼく》もがんばらないと」

「レイとんはがんばってると思うよ」

「ありがとう」

そう言ってもらえると嬉しい。

だけど、強くなるための訓練は必要だけれど、それだけではだめなのだ。

「なんのために強くなるか、だよね」

首を傾《かし》げるメイシェンに、レイフォンは微笑《ほほえ》む。

休憩の終わりを告《つ》げるチャイムの音に、二人は慌《あわ》てて屋上を出た。

†

褒《ほ》めてくれたのは嬉しい。

だけど、「僕もがんばらないと」というレイフォンのなにげない呟《つぶや》きが、とても重かったような気がした。

「どうかしましたか?」

授業も終わり、メイシェンは自分の店にいた。契約《けいやく》した喫茶店《きっさてん》に配達するのが主《おも》な仕事であり、それは朝の内に終わらせてしまうのだが、それだけで店の仕事が全《すべ》て終わるわけではない。飲食スペースもあり、そこにやってくる客がいないわけでもない。

倉庫区に仕事がある生徒たちの間でメイシェンの店は知られていくようになり、ここでケーキを買ってくれたり食べていく客も少数ながらいる。

しかし、いまのところ店にお客の姿はなかった。

暇《ひま》があれば遊びに来てくれるアパートの住人や幼なじみたちの姿もない。

なので、やることもなくぼーっとしているとヴァティに聞かれた。

「え？　あ、あれ？」

「外の掃除《そうじ》は終わりました」

「あ、ご、ごめんなさい。ご苦労様」

「いえ、暇でしたのでかまいません。それより、どうかしたんですか？」

とても美人なのだが表情の変化が乏《とぼ》しく口調も硬《かた》いので、ともすればやや威圧《いあつ》的に感じてしまう。

「うう、ごめんなさい」

もう慣れてはいるので普段《ふだん》ならそこまで思いもしないのだが、仕事中にぼーっとしていたという負い目がヴァティの威圧感に重みを与《あた》え、押《お》し潰《つぶ》されそうになってしまった。

「気にしないでください。それより……」

「え？　あ、わたし、なにか言ってた？」

「いえ、なにやら物思いに耽《ふけ》っておられたようでしたが？」

「え？　あ、あ、その………新作の、ことを……」

尻《しり》すぼみに言い訳をしてみる。

だが、それが通じないのがヴァティという少女なのだ。

「いえ、そうではなかったように感じられました」

「え？　そ、そんなことない……よ？」

「いえ、新作について考えているときの表情ではありません。店長が新作を考えているときは……」

そう言うと、ヴァティは普段《ふだん》から淡々《たんたん》としていた表情をいきなり崩《くず》した。頬《ほお》の力が抜《ぬ》け、やや口が半開きになる。視線はやや斜《なな》め上に向けられているのだが、しかしそれは天井《てんじょう》を見ているわけではなさそう、そういう目をしていた。

なんというか、少し……間抜《まぬ》けな顔だ。

と思っていたら、次の瞬間《しゅんかん》にはいつもの顔になる。

「……と、このような表情を十分以上継続《けいぞく》していた場合、七割の確率《かくりつ》で翌日には試作品ができています」

「あうっ！」

表情はともかくとして、そういう顔をしていたところを見られていたと思うと恥《は》ずかしさで死にそうだ。

「そのようなわけで、いま、店長が物思いしていた対象は試作品ではありません」

「……はい、その通りです」

全面降伏《こうふく》と、メイシェンは両手を小さく挙《あ》げた。

「……お話しいただけないようなことなのでしょうか？」

「う～ん……」

「もし、そうでしたら気がつきませんでした。すいません」

「……ちょっと、話しにくいことではあるけど、ね」

言いつつも、口にしてしまったのだから舌は言葉を紡《つむ》ぎたがる。

外の様子を見るも、お客も来そうにない。

メイシェンはお昼のことを語った。

レイフォンがこっそりなにかをしていること。顔つきが違《ちが》ってきているような気がすること。

なんだか遠くに行ってしまいそうな気がすること。

「遠くへ、ですか？」

「あ、わけわかんないよね。うん、自分でも、よくわかってないんだけどね」

不意に出てきた言葉に、自分でも困惑《こんわく》してしまった。

だが、それを否定したいとは思わない。むしろ、その言葉はすっとメイシェンの胸の中に収まって、ピタリとはまり込んでしまった。

そうだ。遠くへ行ってしまいそうに思ったのだ。

「あ、ツェルニを出ていくとか、そういうことではないと思うの」

そうだ、そういうことではない。

「……なんだろう？」

それ以上は、自分でもうまく説明できない。レイフォンを見ていると妙《みょう》な寂《さび》しさを感じてしまった。それを『遠くへ行ってしまいそう』と表現した。

「あっ……」

「どうかしましたか？」

お昼《ひる》のミィフィの言葉を思い出した。

「そっか」

色々と変わっていく。メイシェンが店を持ったように。ミィフィが編集部で任《まか》される仕事の責任が増《ふ》えてきたように。ナルキの都市警察《けいさつ》の仕事がより忙しくなったように。

レイフォンもなにかに向けて変わっていく。

「……変わって欲《ほ》しくないのかな、もしかして」

そうなのかもしれない。

「でも、それって……」

「……店長」

「あ、ごめんなさい」

自分の考えに沈《しず》んで、ヴァティのことを忘れていた。

「大丈夫《だいじょうぶ》ですか？　顔色が悪いですが」

「え？　そう……？」

「少し休まれた方が……」

「そうだね、お客さんもいないし、ちょっと座《すわ》ってようか」

「なにか、飲み物を淹《い》れてきます」

「うん、お願い」

厨房《ちゅうぼう》へと向かうヴァティを笑《え》みで見送り、メイシェンは喫茶《きっさ》スペースに移動した。

(変わって欲しくない)

ふと出てきたその言葉は昼に突《つ》き刺《さ》さった幻想《げんそう》の棘《とげ》を育て、より深く潜《もぐ》り込《こ》もうとしてくる。

その痛みを感じたように、メイシェンは目眩《めまい》を覚えた。

今晩の夕食当番はメイシェンだった。

休むべきですと主張するヴァティに大丈夫を繰《く》り返《かえ》し、結果、珍《めずら》しく彼女が料理を手伝ってくれることになった。

「なにを作られます？」

「えーと、ね」

メイシェンがメニューを伝えると、ヴァティはいつもの無表情で「わかりました」と頷《うなず》き、冷蔵庫からてきぱきと食材を出していった。

「あの……」

「店長は味付けだけお願いします。その他《ほか》はわたしが」

「あ、ありがとう。ええと、でも、いいのかな？」

「店長のためというよりも、それをしなければわたしが落ち着きませんから」

「……ごめんなさい」

「気にしないでください」

喋《しゃべ》りながら、エプロンを着けたヴァティは順調に食材を並《なら》べ、キッチンナイフを取りだし、準備を進めていく。

そして、鮮《あざ》やかに料理を進めていった。それはもう、メイシェンも目を見張るほどの速度で料理が完成に向かっていく。

「すごい」

「店長の厨房での動きを参考にさせていただいてます」

「え？　でも、店の厨房だとケーキとか焼《や》き菓子《がし》とかしか……」

「基本は変わりません」

「はぁ……」

ため息しか出ない。

「前からすごいなぁとは思ってたけど、ヴァティはほんとにすごいよね」

「そんなことはありません。ただ、人の真似《まね》をするのがうまいだけです。味付けはこれでよろしいですか？」

「え、あ……うん、心持ち、お塩を足してくれると」

「店長の好みだと、この辺《あた》りかと思いましたが」

「うん。でも、レイとんたちは武芸者《ぶげいしゃ》でしょ。たくさん運動してるから」

「なるほど」

「そういうことで、よろしくお願いします」

じっと見られて恥《は》ずかしくなり、メイシェンはごまかすために笑った。

「かしこまりました」

ヴァティが従い、そして料理はできあがる。


料理ができあがると、ヴァティは器具の後片付けをしてさっさと、それこそありがとうを言うのが精一杯《せいいっぱい》なほどに手際《てぎわ》よく部屋から去っていった。

「はぁ……わたしもあれぐらいてきぱきできたらいいのにな」

彼女を見ていると心の底からそう思ってしまう。容姿端麗《ようしたんれい》で成績は優秀《ゆうしゅう》。運動神経にも問題はなく、しかも家事までできる。

愛想がないというぐらいしか欠点がない。しかもそれも、表情がそうであるというだけで、心根《こころね》は優《やさ》しい。

「……はぁ、がんばろう」

なにに対してそう思ったのか自分でもよくわかっていないのだが、それでもなんとなく気合いを入れる。

そのときだ。

「なにをしている！」

「ひゃっ！」

ドアの向こうから聞こえてきた切迫《せっぱく》した声に、メイシェンは身をすくませた。

「………なに？」

声の主《ぬし》は、聞《き》き間違《まちが》いでなければニーナだ。

「隊長、なにを……？」

さらに聞こえてきたのは、くぐもっていたけれどレイフォンだ。

その後に続く声や音がないことから、メイシェンはおそるおそるドアに近づき、そして開けた。

階段の踊《おど》り場《ば》部分で、その光景は展開《てんかい》していた。

「え？」

下の階から上がってきたのだろうレイフォンとニーナが踊り場を見上げている。

そして、踊り場にはヴァティと、そして彼女に抱《だ》かれたフェリの姿《すがた》があった。

「隊長、落ち着いてください」

いまだ殺気立っているニーナに、レイフォンが戸惑《とまど》った様子で声をかける。

「これが落ち着いていられるか！」

そして、これがあのニーナかと思うほどの怒《いか》りを浮《う》かべ、ヴァティを睨《にら》み付けている。

なにが、どうなっているのか。メイシェンはもう一度、ヴァティを見た。

床《ゆか》に膝《ひざ》をつけ、気を失っている様子のフェリを抱くヴァティはいつも通りの無表情だ。

「……ロス先輩《せんぱい》は体調が思わしくない様子で階段を下りてこられ、ここで気を失われました。わたしはそれを看護《かんご》しようとしていただけですが」

「そうですよ。ヴァティさんがなにをするっていうんですか」

「だが……こいつはっ!?」

こいつは、なんなのか？　しかしニーナは歯を噛《か》みしめた表情で黙《だま》り込んでしまい、その先は聞けなかった。

そこに……

「うわっ！　なにしてるんですか！」

偶然《ぐうぜん》なのか、やってくるなりそう叫《さけ》んだ新たな人物は、迷いのない動きでニーナを羽交《はが》い締《じ》めにした。

クラリーベルだ。彼女は血相を変えてニーナに話しかける。

「ちょっとちょっと、頭に血を昇《のぼ》らせすぎですよ。ニーナさん」

「しかしっ！　こいつは、フェリを⁉　フェリに……」

「大丈夫です。なにもなっていませんよ。いませんから！　そうですよね⁉」

最後の部分はヴァティに向けられていた。

「当然です。ロス先輩の体温、脈拍《みゃくはく》は生命維持《いじ》に問題のない状態ですが、極度の疲労状態《ひろうじょうたい》にあるようですので、すぐにでも病院に運ぶのが妥当《だとう》かと思われます」

「ほらっ！　ほらっ！　こんなことしてる場合でもないですって！」

「むっ、ぐっ、ううっ‼」

「レイフォンさん、フェリ先輩を受け取ってください」

「あ、あ……うん」

戸惑った様子でレイフォンが階段を上がり、ヴァティからフェリを受け取る。

そう、その瞬間《しゅんかん》。

メイシェンはこの場の異常さを忘れた。

そのとき彼女は、横顔だけを見ていた。

レイフォンの横顔だ。

ヴァティからフェリを受け取り、そして見下ろす彼の横顔だ。

心配げに見つめている。

それは、いつもの彼らしい態度のはずなのに、このとき、この瞬間に浮《う》かべられたそれは、同じように見えてまるで別のもののように感じた。

それはただの勘違《かんちが》い、邪推《じゃすい》でしかないのだろうか？

気のせいと言い切ってしまっていいのだろうか？

だが、言い切ったとしてそれでなにをごまかせるのだろう？

自分を？

嘘《うそ》だ。

胸の奥に突き刺さった棘《とげ》のような痛みはひどくなるばかりだ。

この痛みが消えないのなら、どんな言葉にも意味はない。

「どうしよう？」

なにを？　なにに対して？

気がついたら部屋に戻《もど》っていた。逃《に》げ戻ったというわけではない。ただ、その後の流れは目の前にありながら見ていなかった。

たしか、レイフォンたちはフェリを病院へ運ぶために向かった。ヴァティはここに残った。クラリーベルがニーナに代わって謝《あやま》っていた。

踊り場で展開したなにかを前に、メイシェンは立ち尽《つ》くし、そして一人になっていた。テーブルには保存布《ほぞんぬの》がかけられた夕食がある。料理の多さが、部屋の空虚《くうきょ》さと相反していて、メイシェンはそれをじっと見つめた。

「あ、夕食……どうしよう？」

言ってみたものの、答えがすぐに出てこない。

代わりに出てきて、頭の中でぐるぐると回っているのは切り出された光景だ。フェリを見つめるレイフォンの横顔だ。

「どうして……？」

なにがこんなに自分を驚《おどろ》かせているのだろうか？　自分はそこになにを見たのだろうか？

いいや、わかってる。

真実はわからない。そういう言い訳を前に置いて、自分の中に生まれた事実を認めよう。フェリを見下ろすレイフォンの目に、特別なものがあるような気がした。友達ではない、仲間ではない。それ以上の、あるいはそれとは違《ちが》う類《たぐい》の思いのこもった視線でフェリを見ていた。

　そう感じたのだ。

「気のせい、よね？」

　自分の言葉の実感のなさになんども叩《たた》き伏《ふ》せられそうになる。

　昨年から、二人のことは見てきた。フェリがレイフォンに気があることはわかっている。彼女自身がメイシェンに明かしたのだ。

　だから、レイフォンの側《そば》に彼女がいると落ち着かない気持ちになる。それをどうにかしようと自分なりにがんばってきた。ただ、フェリを排除《はいじょ》したいという気持ちになったことはない。ないと思う。

　公平に戦うという気持ちだったわけではない。ただ、そういう気持ちになれなかった。

　……誰《だれ》かに対して敵意《てきい》を持つことさえも怖《こわ》かっただけなのかもしれないが。しかしそれでも、フェリを憎《にく》んだことはないと自信を持って言えることは誇《ほこ》るべきことではないかと思っている。

　しかしそれは、フェリが大胆《だいたん》にレイフォンとの関係を進展させようとしなかったからなのかもしれない。

　つまりはフェリも恋愛《れんあい》に関しては奥手《おくて》で、だからこそメイシェンもまた慌《あわ》てる必要がないと思っていたのかもしれない。

なにをすればいいのかわからない、だからせめて自分の得意な部分をわかってもらおうと料理を振《ふ》る舞《ま》っているだけではだめだったのかもしれない。

時間は流れていく。変化は止まらない。

その変化の中でメイシェンは置いていかれてしまったのではないか。

だから、あんなことになったのではないのか。

「気のせい……じゃ、ない？」

彼女のことで唯一《ゆいいつ》、怖《こわ》いと、そして羨《うらや》ましいと思っていたことが一つある。もちろん、彼女が美人であることや成績優秀であることなど、羨ましい部分はたくさんあるのだけれど、そういうのとは別にレイフォンとのことで羨ましいと感じていたことがある。

一番、レイフォンがレイフォンでいられる場所で、戦場で彼女は一緒《いっしょ》にいられる。それは、メイシェンに絶対にできないことで、そしてレイフォンにとってフェリがとても心強い存在となっていくに違いないとは思っていた。

だけど、それがわかっていたとしても、どうしようもない。

「……なにもできないもの」

一般人《いっぱんじん》のメイシェンは戦場には出られない。その穴《あな》を埋《う》めるためになにをすればいいのかわからない。

「なにも、できなかったの？」

なんどでも思い出す、あの横顔。意識のないフェリを見下ろしているレイフォンの横顔を。その顔が、ただ仲間を心配しているだけの表情だと、メイシェンにはどうしても思えなかった。

レイフォンは、フェリに心を引かれているのだろうか？

あるいは……もっと先に…………………？


コンコン。


ノックの音に心臓が止まるかと思った。

「……え？」

気がつけばけっこうな時間が過《す》ぎていた。ためらいがちにノックが再び鳴り、メイシェンは慌《あわ》ててドアに向かう。

「あ、ごめん。もしかしてもう寝《ね》てたかな？」

レイフォンがいた。

「え？　う、ううん。そんなことないよ」

「よかった。夕食作ってもらったのに、なんかドタバタしちゃったから」

「大丈夫《だいじょうぶ》だよ。あ、入って。……フェリ先輩は大丈夫だったの？」

「うん。ヴァティの言う通り、ちょっと疲労《ひろう》が溜《た》まったみたい」

「……なにか起きてるの？」

「そんなことはないんだけど。先輩もなにかしてるみたいだから」

「ふうん……」

先輩『も』。

些細《ささい》な部分が気になるほど神経質になっている。それを悟《さと》られまいと心配げな顔を作っている自分が、ひどく惨《みじ》めな気がした。

居間へと案内すれば、テーブルに並《なら》んだ料理が嫌《いや》でも目に入る。

「そういえば、夕食は？」

「まだだけど……」

「それなら食べていけばいいよ」

「いいの？」

「うん。いま温め直すね」

遠慮《えんりょ》して帰ってくれるかと思った。だけどそうならない。こんなときにまで帰ってと言えない自分が恨《うら》めしい。

「隊長が謝っておいて欲《ほ》しいって」

「え？」

「夕食、来れないって、それとヴァティに怒鳴《どな》ったこと」

「わたしに言われても……」

「そうなんだけど、伝えておいて欲しいってことだと思う」

「そうだと思うけど。ニーナ先輩《せんぱい》も、どうかしたの？」

「変だったよね、やっぱり」

その言い方だと、レイフォンにもわからないのか。

「なんだか、彼女に怒《おこ》ってるみたいだったけど、メイシェン、なにか隊長とヴァティで喧《けん》嘩《か》したみたいな話、聞いた？」

「ううん」

ニーナとヴァティの間でなにかがあったという話は聞いていない。

「そっか。なんなんだろう」

ニーナのことで首を捻《ひね》るレイフォンに、フェリのことは聞けなかった。

温め直した料理を一緒に食べる。これほど気まずい食事もそうはない。それほど食べられる気がしない。

しかし、目の前には温めていない料理が大量にある。これはどうにかしないといけない。

「それで、さ。この料理なんだけど」

どうしようかと思っていると、視線に気付いたのかレイフォンが言った。

「え？」

「ちょうど、帰ってるときに隊長とクララと話してたんだけど、明日《あした》、昼前の授業で武芸《ぶげい》科《か》は空《あ》き時間ができちゃって」

「うん」

「それで、野戦《やせん》グラウンド借りて、三人で実戦訓練することにしたんだ」

「あ、そのときに、お弁当に？」

「そうそう！　いいかな？」

「うん、いいよ。わたし一人だと無理《むり》だもん」

「だよね。ごめん、運ぶのは手伝うから」

「うん」

それで話は終わった。

料理も食べ終わり、皿《さら》を洗うと言ってくれたレイフォンをなんとか帰して、メイシェンはやっと緊張《きんちょう》を解《と》くことができた。

だが、胃に響《ひび》く不快《ふかい》さがなくなったわけではない。

「どうしよう……」

呟《つぶや》く。

呟いたところでどうにかなるものではないのだけれど、言葉にするぐらいしかこの重圧を解く方法が思いつかなかった。

†

行動判断に誤《あやま》りがあった。

修正するべきか否《いな》か、ヴァティは自室のベッドに寝転《ねころ》んで考える。

フェリに接近したことだ。

偶然《ぐうぜん》といえば偶然だ。

フェリがその日はずっと自室で眠《ねむ》っているのはわかっていた。こちらで診断《しんだん》してみたが病気の様子はない。しかし薬を使っているわけでもないのに健常体の睡眠《すいみん》時間を超過《ちょうか》するというのが異常事態《いじょうじたい》ではあるので、監視《かんし》は外さないようにしていた。

このアパートで不幸な事故《じこ》を起こして、それによって人間関係に余計なトラブルを招きたくはない。

とりあえず生命に危険がないのであれば放置をすると決定はしていたものの、まさか、ヴァティがメイシェンの部屋を出たタイミングに合わせて目を覚まし、そして部屋を出て階段を下りてくるとは思わなかった。

一種の夢《む》遊《ゆう》状態だったのだろう。階段でヴァティと鉢《はち》合わせたところで、いきなり倒《たお》れたのだ。

階段という場所がまた悪かった。倒れたのがそこでなければ放《ほう》っておくという選択《せんたく》もできた。ニーナたちが帰還《きかん》してすぐ近くにいることはわかっていたのだから、そうできた。

だが、階段で転げて重傷《じゅうしょう》を負われてもまずい。

結果として、フェリを受け止め、それをニーナに見られてしまった。

自分の正体を知っているニーナに、だ。

だから、ニーナがああいう態度を取ったのは正しい判断だ。そして、ヴァティもそんな反応をして欲しくはないから、できれば彼女の仲間にはなるべく接近しないようにしていたのだが。

「うまくいかないものです」

全《すべ》てが計算通りというわけにはいかない。

だが、そのために予期せぬ反応を拾い上げることができた。

メイシェンだ。

今後に大きな変化をもたらすやもしれぬ、普段《ふだん》にはない反応にヴァティの意識は集中している。

「なんでしょう……なにに動揺《どうよう》していたのでしょうか？」

フェリとの接触《せっしょく》場面から、メイシェンに動揺が見られている。

しかし、動揺の理由がわからない。あの場面で彼女がそうなるような因子《いんし》があっただろうか？

「レイフォンとフェリの接近？」

しかし、あの二人は共に行動することが多い。いまさら二人が接触した場面を見たからといって、動揺する理由にはならない。

「……わたしにはわからないことなのでしょうか？」

人ではない、人に作られた機械人形であるナノセルロイドにはわからないことなのだろうか。

「だとすれば、それこそわたしが知らねばならないことなのでしょうか？」

自らに問う。自問に自答するならば、『そう判断するならば学べ』となる。

学ぶ方法は？

「観察の密度を上げねばなりませんが……」

これ以上、なんのデータを取ればいいのか。普段《ふだん》の行動から、体温、呼吸、心拍《しんぱく》、脈拍《みゃくはく》、脳波等々、取れるだけの生体データは常時観察状態にある。それ以上のなにかとなると、いまのヴァティにはわからない。

「ここから先はデータだけでは理解できないということなのでしょうか」

人の感情は、生存本能と経験によって構築された脳内神経網《しんけいもう》に左右される化学反応に過ぎない。恋愛《れんあい》感情は遺伝子《いでんし》の拡散《かくさん》を促進《そくしん》させるための反応でしかない。

「ならば代わりなどいくらでもいるはず」

その人でなければならないということはない。

男女が揃《そろ》えば子供はできる。

お互《たが》いの遺伝子を残すだけならば誰《だれ》でもいいはずだ。優良な遺伝子を残す、あるいは取り込むという意味でならば、優良種を争って独《ひと》り占《じ》めするよりも共有した方が効率的なはずだ。特に女性側に立てば、そうだ。男性側にとっても己《おのれ》の遺伝子を残す可能性をより高めることになるのだから悪い話ではない。

法制度と対人関係の構築から生じた倫理感《りんりかん》がその考え方を否定し、そう考えることを悪いことだと思わせているのであれば、生存本能というものは人間にとってそれほど優位の能力ではないということになる。

「そしてだからこそ、本物と偽物《にせもの》の溝《みぞ》は深くなる」

その言葉は、機械人形から発せられるにしてはあまりにも深い色合いを持って、簡素《かんそ》な寝室《しんしつ》に広がって消えた。

†

病院に行ってみたがフェリはまだ眠り続けていた。遺産《いさん》の解析《かいせき》に成功したのかどうなのか。眠り続けるフェリから成果のほどを知ることはできない。

医療科《いりようか》の先輩は、意識さえ戻《もど》れば心配はないと言っていた。

それはつまり、この眠りについては手の施《ほどこ》しようがないということだろうか？

心配は尽《つ》きない。しかし、フェリには命に関《かか》わることはないから心配はするなと言われている。

「そう言われてもなぁ」

ニーナに頼《たの》まれてメイシェンに伝言をし、その後、レイフォンは再び病院にいた。

一度は自分の部屋に戻り、ベッドに寝転がるところまではしたのだが、気がつけば着替《きが》えてここに来ていた。

「……僕《ぼく》がいたところで寝《ね》てるだけなんだろうけど」

正面の入り口は閉《し》まっている。レイフォンは敷地《しきち》内を病院の壁《かべ》に沿って歩いて、窓が開いている場所を探《さが》した。

三階にあった。殺到《さっけい》をして、そこから忍《しの》び込《こ》む。レイフォンやニーナが怪我《けが》をしたときにお世話になった病院だ。暗くてもおおよそのことはわかる。

フェリの病室は個室だ。巡回《じゅんかい》の看護《かんご》師《し》たちの目を盗《ぬす》み、病室へと入る。

やはり、フェリは眠っていた。

暗い中、窓から入り込む薄《うす》い夜の光だけを頼《たよ》りに顔を見る。穏《おだ》やかとは言えないけれど、しかし苦しそうというわけでもない。やせ細っているのでもない。

ただ、眠っている。

「……大丈夫《だいじょうぶ》なのかな？」

遺産の解析に成功し、疲《つか》れて眠っているのか……一度は起きているということはそういうことなのかもしれない。

あるいは、いまだに解析を行っているのか。

「まだ闘《たたか》ってるのかな？」

どちらであれ、彼女が闘った、闘っているということに変わりはない。

しかもそれは、フェリ自身のためというよりもレイフォンのためだというのだ。

「……重いなぁ」

行動に責任が伴《ともな》うのは当たり前だけれど、そこに誰《だれ》かの危険《きけん》までついて回るというのは好きではない。

「やっぱり、隊長はすごいな」

部下を引き連れて戦い、そして危険な場所に赴《おもむ》かなければならないニーナは、戦場でいつもそんな重圧と闘っていたのだろうか。

いや、彼女だけではない。他の小隊長たちもそうだし、武芸者にとどまらず、カリアンや都市警察のフォーメッドなど、人の上に立つ立場の人たちには大なり小なりそういうものがのしかかっているはずだ。

「フェリもがんばってるんだ。僕ももっとがんばらないと」

もっともっと、強くならなくては。

連弾《れんだん》を昇華《しょうか》させ、錬金鋼《ダイト》に負荷のかからない剄技《けいぎ》を開発する。

なんとなく、見えてきているような気はするのだけど……

「もう少し、なんだよな」

なにかが足りない。

「明日《あした》、隊長やクララとちょっと激《はげ》しい訓練をするんですよ」

なんとなく、フェリに語りかける口調になった。

「野戦《やせん》グラウンドが借りられるみたいで、よくわからないですけどこの間の任務の借りがどうとかという理由で借りられたみたいです。交渉《こうしょう》したのは、シン先輩《せんぱい》らしいんですけど」

クラリーベルづてにシンに訓練場所の話がいき、彼が代わってゴルネオと交渉《こうしょう》してくれたのだという。

「隊長も強くなってますし、クララももちろん強い。あの二人を相手にすればなにかが見えてくるような気もします」

それは願望でもある。

だが、そうしてみせるという強い気持ちがこもっている。

「フェリに負けないように、がんばるよ」

そう告《つ》げると、レイフォンは病室の窓から外へと飛んだ。

XVII

†

そして翌日になり、昼休憩《ひるきゅうけい》前の授業時間となり……

レイフォンたちは野戦グラウンドにいた。

「……というわけで実験も兼《か》ねちゃっていいかな？」

「あ、はぁ」

控《ひか》え室《しつ》で待ち構えていたハーレイにいきなりそう言われ、レイフォンは新しい青石錬金鋼《サファイアダイト》を押《お》しつけられた。

「外見とか重量バランスとかはいままで通りだけど、もしかしたら剄の奔《はし》る感覚がちょっと違《ちが》うかも」

「前に言ってた回路《かいろ》とかですか？」

「そうそう。変換《へんかん》回路の方ね。材質はいま、キリクがなにかしてるけど今回は間に合わなかったみたい」

「はぁ」

剄の感覚が変わるかもというのは少し不安だったが、錬金鋼《ダイト》の強度が上がることは望ましい。だから、ハーレイががんばってくれるのなら、それはいままで通りに受け入れるべきだ。

なによりも、いまのままでは錬金鋼《ダイト》が壊《こわ》れることを考えて戦わなければならないことは変わりないのだから、錬金鋼の細かい違いに即応《そくおう》できる能力は必須《ひっす》だと割り切る。

「いままでもそれでやってきたし」

「なに？　なにか気になることがある？」

天剣《てんけん》となる前は複数人の職人に錬金鋼を注文していた。ツェルニに来てからは、開発者はハーレイ一人だが、青石《サファイア》から複合《アダマン》、簡易型複合《シム・アダマン》、さらにそれらの改良と様々な錬金鋼と付き合ってきた。

「いえ、ちょっとナーバスになってるだけです」

昨夜のこともあって連弾《れんだん》の完成を焦《あせ》っている自分がいる。

「わかるわかる。新しいことやってるときってちょっとしたことにイライラするよね」

「そうなんですかね」

「そうだよ」

ハーレイに言われ、そういうものかもしれないと思う。グレンダンで闇《やみ》試合に関《かか》わっていたときもこんな風に過敏《かびん》になっていたかもしれない。あのときは後ろめたいからだと思っていたし、おそらくはその通りでもあるのだけれど、新しいことをしていたというのもまた事実だ。

「やっぱり、これとは同じじゃないかな」

「え？」

「いえ、こっちの話」

思わず出た呟《つぶや》きに苦笑《くしょう》を零《こぼ》し、レイフォンは控え室を出た。ニーナとクララは別の控え室で準備をしているはずだ。

グラウンドへと出る。

視線にそちらを見ると、観客席にシャーニッドとダルシェナの姿《すがた》が見えた。別の場所にはシンをはじめとした第十四小隊の面々がいる。

彼らは今回の訓練には参加しない。

「特殊《とくしゅ》な訓練をするって話だけど……」

詳《くわ》しいことは教えられていない。

だが、廃貴族《はいきぞく》の力を使いこなすようになったニーナと、天剣授受者《てんけんじゅじゅしゃ》ティグリスの孫《まご》であり、同じく天剣授受者のトロイアットの弟子《でし》でもあるクラリーベルの二人と、野戦グラウンドを縦横に使った訓練をするとなれば、それだけで得るものはあるはずなので深くは気にしなかった。

いつもの笑みで手を振《ふ》ってくるシャーニッドに手をあげ、レイフォンはグラウンドを見回す。先日あった小隊対抗戦《しょうたいたいこうせん》の影響《えいきょう》がまだ残っている。レイフォンたち第十七小隊や第十四小隊の試合ではない。遅《おそ》くに始まった小隊対抗戦は、今年度をかけてゆっくりとしたスケジュールで試合が組まれている。

レイフォンたち第十七小隊もすでに数戦をこなし、特に問題もなく勝ち進んでいる。

「……あ」

この間にとハーレイに渡《わた》された錬金鋼《ダイト》を復元し、具合を確かめていると、ニーナたちの気配が対戦相手の入場口から入ってきた。

「ということは、隊長とクララで組んで、僕《ぼく》と対戦？」

そういうことなのだろうか？

問題はないのだが、しかしそれならそれでどういう訓練なのか教えておいてくれてもいいと思うのだが。

そう思っていると、念威端子《ねんいたんし》が近づいてきた。

（レイフォン、聞こえているか？）

声はニーナだ。

「あ、はい」

　フェリはまだ病院だ。端子は第十四小隊の念威繰者《そうしゃ》のものだろう。

（これから訓練を始めるが、試合形式はわたしとクララ対レイフォンだ）

「わかりました」

　やはり、そういうことらしい。

　だが、次の言葉がレイフォンを驚《おどろ》かせた。

（お前の武器だが、ハーレイに言って鋼糸《こうし》の封印《ふういん》を解除している）

「ええ？」

（武芸科長の許可は取ってある。そもそも、封印措置《そち》は前生徒会長の個人的な命令であって、今期では無効《むこう》だということだ）

「あ、そうなんですか？」

（しかし、武芸大会および校内試合での使用は不可だと、新たに武芸科長に言われた）

「それはそうですよね」

　ゴルネオならば鋼糸の凄《すさ》まじさは知っている。それに、他の武器のような安全装置が付けづらい武器なのだからしかたないのかもしれない。

「でも、それを使うって」

（ああ、万が一の怪我《けが》は覚悟《かくご》している）

「そうなんですけど、ただの怪我では……」

鋼糸は細いとはいえ、見ようと思えば見えないわけではない。だが、粉塵舞《ふんじんま》う武芸者《ぶげいしゃ》の高速戦闘《せんとう》中に全《すべ》てを見抜《みぬ》こうと思えば、動体視力だけではなくコツも必要になってくる。そして、見抜けなければ掠《かす》めただけで大事故にも繋《つな》がる。首にでも触《ふ》れれば即死《そくし》ということもありえる。

ニーナの実力が上がり、そしてクラリーベルもいる。正直、この二人がコンビネーションを発揮《はっき》できるのならレイフォンが負ける可能性もある。だからこそ、鋼糸の封印が解かれているのかもしれないが、互角《ごかく》になればいざというときに手加減ができないということでもある。

事故のことを考えれば、むしろ禁じ手に指定してくれていた方が戦いやすい。

(その覚悟もある)

(わたしの腕《うで》を落としたときみたいな気分できてくれればいいんですよ)

ニーナに続いてクラリーベルにまで言われ、レイフォンは覚悟を決めた。

「あのときの気分って、すぐには難《むずか》しいけど……」

あれはリーリンやニーナを助けるためにかなり覚悟を決めていた。

いまの覚悟にあのときの重さを求められない。別の強さはあると思う、思いたいが、それは簡単《かんたん》に誰《だれ》かの腕を切り落としていいという強さではない。

しかし、いまあるのは、おそらくそれとは別の話なのだ。

「隊長たちがそれでいいって言うなら」

フェリのがんばりに負けるわけにはいかない。

ジルドレイドの「なにがやれるか見せてみろ」という言葉もある。

ただただ流されるままに学園都市で一年を過ごした。その一年の間で、ニーナは目を見張るほどに強くなった。その強さに相応《ふさわ》しい錬金鋼《ダイト》も手に入れていた。レイフォンたちの知らない戦いを始めてもいる。

ニーナの進む速度に、レイフォンは置いていかれそうだ。

「僕にも余裕《よゆう》はないでしょうから」

すでに、リーリンに置いていかれた。

置いていかれたままでいる気はない。おそらくは、ニーナの戦いはリーリンの、ひいてはグレンダンの戦いにも繫《つな》がるはずだ。

「全力でいきます」

学園都市でレイフォンを武芸者として引き止めてくれたニーナのために。

グレンダンで支え続けてくれたリーリンのために。

レイフォンはここで置いていかれるわけにはいかない。

(よし)

端子越《たんしご》しのニーナの声は満足げだった。

(開始の合図はシャーニッドに任《まか》せている。頃合《ころあ》いを見計らってやってくれるだろう)

「はい」

答え、レイフォンは殺剄《さつけい》をする。客席でシャーニッドが「おっ」と声を漏《も》らしたのが聞こえた。

授業休憩の合間にやっていた、人に見つからない訓練方法だが、放出の際の剄に鋭《するど》さが増《ま》している気がする。大容量の剄を一度に練《ね》るにはやはり適した状態ではないが、これはこれで使い道があるだろう。

それに、相手にこちらの位置を読ませにくくもできる。

殺剄状態で剄を練りながら、レイフォンはその場から動くことなく、ただ、ハーレイに渡された新しい錬金鋼《ダイト》の具合をもう一度、確かめていた。

変換回路《へんかんかいろ》に手を入れたということだったが、たしかに剄の奔《はし》り具合が違《ちが》う気がする。だがそれは使いづらいというものではない。

武器を自分の肉体のように扱《あつか》う武芸者からすれば、錬金鋼の変換回路は神経や血管に相当する。

新しい神経は、拒否《きよひ》反応を起こすことなく馴染《なじ》むことができそうだ。

「……よし」

呟《つぶや》きと、シャーニッドが銃声《じゆうせい》を鳴らしたのは同時だった。

殺到のまま、野戦《やせん》グラウンドの中央を目指す。

反対側で巨大《きよだい》な剄が火柱のように噴《ふ》き上がった。

剄の雰囲気《ふんいき》は、ニーナのものだ。

「全力だ」

思わず、呟く。

無人都市で感じた雰囲気と同じだ。廃貴族を解放しているに違いない。

ニーナの気配が野戦グラウンドを支配する。

「クララの動きが読めない」

向こうも殺到をしているのだろうが、それ以上にニーナの気配が巨大すぎて、全てを塗《ぬ》り潰《つぶ》したような感じだ。

「連携《れんけい》ができてる？」

これだけなら戦闘前に申し合わせておけばいいだけの話だが、気になるのはこの後の、さらにその後の行動だ。

中央を目指しながら青石錬金鋼《サファイアダイト》を鋼糸で再展開する。簡易型複合錬金鋼《シム・アダマンダイト》を基礎状態《きそじょうたい》のまま剣帯《けんたい》から抜《ぬ》き、握《にぎ》りしめる。

中央へ向かう進路を直進からジグザグに変える。鋼糸は、展開はしたものの剄は巡《めぐ》らせていない。地面に落とし、あちこちに絡《から》みつかせながらレイフォンは走る。

あいかわらず、ニーナの巨大な剄は野戦グラウンドに満ち、空気を震《ふる》わせ、代わりにクラリーベルの剄は潜《ひそ》んだままだ。

「どう出る？」

小さく呟く。多少の呟きなら足音に紛《まぎ》れる。なにより、線を引くかのごとく撒《ま》き散《ち》らした鋼糸が周囲の草木をかき鳴らしている。音の発生具合から経路を読まれるかもしれないが、いまはニーナの撒き散らす剄の波動が別の音を発生させてもいる。

呟きに反応するとなると近くにいることになるのだが、そういうこともないようだ。

あるいは気付いていて、反応しないのか。

ニーナはやや早歩き程度の速度でグラウンドの中央を目指して進んでいる。こうなるとレイフォンと同じく気配を消しているクラリーベルとの読み合いとなる。

「しかもこっちは時間制限付き……か」

ニーナのゆっくりとした進み方は、自分の付近に潜んでいるものを見逃《みのが》さないようにするためのもののはずだ。彼女の横を抜けて野戦グラウンドの反対側にはいけないと考えた方がいい。

なにより、ニーナの背後で、クラリーベルが化錬剄《かれんけい》を使った罠《わな》を構築しているかもしれないと考えれば、ニーナをこのまま野戦グラウンドの端《はし》にまで歩かせるのは得策《とくさく》ではない。自分の安全な領域を確保しておくという意味でも、ニーナが野戦グラウンドの中央に辿《たど》り着《つ》くまでにというのが、クラリーベルを捜《さが》すことに集中できる制限時間だろう。見つけられなければ、不安要素を抱《かか》えてニーナと戦うことになる。

「ああ、本当に……」

ふと足を止め、レイフォンは嘆息《たんそく》した。

入学した頃《ころ》のことを思い出す。あのときからまだ、一年と少ししか経《た》っていない。当時のニーナは、ツェルニにいる武芸者の中では上位に位置する実力者ではあったけれど、しかし結局はそれだけの武芸者だった。

窮状《きゅうじょう》のツェルニを救おうと奮闘《ふんとう》してはいるものの、力不足に悩《なや》み、苛立《いらだ》っていた。

それがいまや、レイフォンさえも超《こ》えるかもしれない実力者となっている。廃貴族という普通《ふつう》ではない手段ではあるが、しかしそんなことは些細《ささい》なことだ。

要は手に入れた力を使えているか、いないか、だ。

そしてニーナは、使えている。

あのときから一年と少しだ。

たったそれだけの期間でレイフォンはニーナに追いつかれ、そして追《お》い越《こ》されようとしている。

「たまらないな」

嬉《うれ》しくもあり、悔《くや》しくもあり、複雑な気分だ。

ついにニーナがグラウンドの中央に辿り着く。

クラリーベルは見つけられなかった。もとから殺到をしたレイフォンを捜すために動いていなかったのか。ニーナの背後で罠の構築に勤《いそ》しんでいたか。

「…………よし」

レイフォンも覚悟を決める。

殺到によって封《ふう》じ込《こ》めていた剄を一気に解放する。

解放された剄圧《けいあつ》がレイフォンを中心として剛風《ごうふう》を吹《ふ》かせる。

ニーナの剄圧と衝突《しょうとつ》し、中央部では気流の渦《うず》が一瞬《いっしゅん》生まれ、グラウンド全体へと散っていく。

簡易型複合錬金鋼《シム・アダマンダイト》を展開。蒼闇《あおやみ》色の刀身を引き連れ、ニーナへと直進する。

「むっ」

ニーナは双鉄鞭《そうてつべん》を構え、その場で防御《ぼうぎょ》の態勢で立っていた。こちらの動きが見えている顔だ。

当然か。

当然なのだが、ほんの少し前のニーナなら見えていなかった。

「本当…………にっ！」

「むぅっ!!」

接近し、横薙《よこな》ぎの一閃《いっせん》を放ち、そして受け止められる。金剛剄《こんごうけい》だ。衝撃波《しょうげきは》の反射を全身からの衝剄《しょうけい》でいなし、刹那《せつな》の鍔《つば》迫り合《あ》いを演《えん》じる。

片手の太刀《たち》に対し、ニーナは両手だ。剄量の差がなくなった以上、内力系活剄による肉体強化の差もなくなったと考えるべきだ。

つまり、この状態での単純な力押《お》しは敗北が決まっているということになる。

「ぬぅううぅっ!!」

「くっ！」

体が押され、鉄鞭に剄が集まりはじめる。武器破壊《ぶきはかい》の気配にレイフォンは後退《こうたい》した。

なにより、クラリーベルの位置が判明していないのにニーナだけに時間をかけていられない。

ニーナが技に集中した瞬間《しゅんかん》を狙《ねら》って武器を引く。空振《からぶ》って体勢を崩《くず》した姿に追い打ちをかけたいが、やはりクラリーベルを警戒《けいかい》して本格的に後退、ニーナから距離《きょり》を置くと、土《つち》煙《けむり》を利用して姿を隠《かく》し、再び殺到をする。

すぐに動くつもりだが、相手がこちらの位置を誤認《ごにん》する可能性を期待できる。

ニーナはその場から動かない。あくまでもこちらの動きを待つ態勢だ。

「……変だな」

思わず呟《つぶや》いた。それだけの余裕《よゆう》がまだあった。

そして、その余裕があることがおかしい。

クラリーベルの動きがない。

ニーナがあの場から動かない理由はなんだ？

たった一度ニーナと打ち合っただけだが、追撃《ついげき》してこない理由が気になった。彼女の性格なら、打ち合いになればそのままそれを続けそうだ。

それをしないということは、あの場でレイフォンを引き受けることが作戦となっているということではないのか。

クラリーベルは罠を仕掛《しか》けている。これは確《たし》かだ。

「……………あるとしたら、隊長の後ろ」

だが、その後ろを探《さぐ》ろうとすれば、ニーナは動くだろう。

「いや、動けばいいのか」

この時点で意図が察せないのなら、これ以上の読み合いに意味はない。

「いこう」

そう決めて、動く。

もちろん、無策《むさく》に突《つ》っ込《こ》むわけではない。左手に握《にぎ》っていた鋼糸《こうし》状態の青石錬金鋼《サファイアダイト》を簡易複合錬金鋼《シム・アダマンダイト》と柄尻《えじり》で繋《つな》げる。意図的に剄を流していなかった青石錬金鋼に、これで剄が流れ込む。

野戦グラウンドのレイフォン側のみならず、さきほどの衝突で生じた強風も利用してニーナ側にも飛ばしている。鋼糸はグラウンドのほぼ全体に行き渡《わた》っていた。

そこに、剄を奔《はし》らせる。

錬金鋼《ダイト》の強度を考慮《こうりょ》しつつ、しかし本来の鋼糸の運用には不必要なほど、過剰《かじょう》な剄を流し込む。

「むっ」

土煙の向こうでニーナが唸《うな》ったのが聞こえた。

それはそうだろう。

一瞬で戦場全体をレイフォンの気配が占《し》めたのと同じだ。ニーナの巨大な剄圧がクラリーベルの姿を隠しているのと同じで、本来のレイフォンの位置もまた、これであやふやになる。

そして、レイフォンはその場から動かない。鋼糸に剄を流し続け、事の経緯《けいい》を眺《なが》める。

ニーナは、クラリーベルはどう判断する？

時間が経《た》てば経つほど、今度はレイフォンが有利になる。

「クララっ！」

ニーナが叫《さけ》んだ。

「いきます。このままでは陣《じん》を編《あ》まれてしまう」

「正解」

聞こえてきたクラリーベルの声に、レイフォンは小さく呟いた。グラウンド全体にばらまいた鋼糸は、剄の過剰《かじょう》供給によってレイフォンの居場所を曖昧《あいまい》にさせると同時に、リンテンス直伝《じきでん》の繰弦曲《そうげんきょく》を編むために、いまや遠慮《えんりょ》なしに動いている。過剰に供給された剄によって、その動きは誰《だれ》にでもわかるぐらいはっきりとしている。

そして、その動きそのものが二人に対する恫喝《どうかつ》となる。

さらに一つ、鋼糸のもう一つの特性、感覚器官の代替《だいたい》という能力が、さきほどの二人の会話を拾い、そしてクラリーベルの位置を割り出した。

ニーナのすぐ後ろ。

さきほどからそこにいたのか、それとも打ち合いが終わってからそこに移動したのか。

「むこうもなにかする」

レイフォンも走る。ニーナたちに向かい走る。

仕掛《しか》けは組んだ。

「後は……っ！」

どちらの仕掛けが上をいくか。

これはそういう戦いとなった。

土煙を切《き》り裂《さ》き、駆《か》け抜《ぬ》けるとその先にニーナとクラリーベルがいた。二人とも、レイフォンと同じ考えだ。

お互《たが》いに直進し、衝突《しょうとつ》する。

「おおおおおっ!!」

ニーナの叫《さけ》びが戦場を威圧《いあつ》する。二振《ふたふ》りの鉄鞭《てつべん》が胸の前で交差され、レイフォンに向かって跳躍《ちょうやく》してくる。

砲弾《ほうだん》の如《ごと》き突進《とっしん》を、レイフォンはすんでかわす。

「はぁっ！」

振り抜かれた鉄鞭の隙《すき》を、纏《まと》われた剄圧の際《きわ》を抜け、後方へと突き抜ける。

クラリーベルがそこにいる。彼女の異形《いぎょう》の剣《けん》、胡蝶炎翅剣《こちょうえんしけん》が剄光を放ち、赤い線を引いてレイフォンに迫《せま》る。

それさえもかわす。頭を低く、地を這《は》うほどにまで低空を行き、二人の背後に抜ける。

そこはニーナたちがいままでいた場所、クラリーベルの敷《し》いた罠の真ん中だ。

「さあ……」

言ったのはレイフォンだ。クラリーベルに呼びかけた。

なにを仕掛けた？

なにが起きる？

そして、ニーナはそこでどう動く？

レイフォンはそれを見なければいけない。

それをいなしてみせなければならない。

それを乗《の》り越《こ》えてみせなければならない。

なぜ？

二人が組んでいるということ。

二人が息を合わせて戦うということ。

ここまでのほんのわずかな時間で、その意味と意図が見えた気がした。

「……どうなる？」

ただの呟きだ。だが、クラリーベルの挑発《ちょうはつ》にはなるはずだと、確信している。

予想通り、クラリーベルが目の色を変えた。ニーナが流れを止めるよりはという顔をして、覚悟《かくご》を決める。

「いきますよ」

二人の表情の変化を観察し、レイフォンも剄の流れを変える。鋼糸に流す剄を適正《てきせい》に戻《もど》すと、余剰《よじょう》分だったものを活剄《かっけい》に回し、運動能力を極限まで上げる。

受けきる。受けきってみせる。

剄を高め、連弾《れんだん》の準備に入る。リンテンスのように即座《そくざ》に陣《じん》を構築できない以上、繰弦曲は準備を進めたものを発動するしかない。

そして、新たに編み出した錬剄技術、連弾もまた、一度示した方向性を変更《へんこう》できない。

読みが外れればかなりの痛手となる。敗北への道を止められないかもしれない。

これは、ただの訓練だ。

だが、その結果の次第《しだい》は、レイフォンにとって重大な影響《えいきょう》を与《あた》えるかもしれない。訓練だから負けてもいいというわけではない。

なにより、己《おのれ》の意思を貫《つらぬ》き通せるか否《いな》か。

「……二人が息を合わせられるということ」

小隊も違《ちが》う二人にそれができるということ。

それはつまり、クラリーベルはニーナの問題がなにかを知り、その問題に立ち向かう同志となっているということだ。

「そうだというのなら……」

剄が吠《ほ》える。剄圧に地面が抉《えぐ》れ、土砂《どしゃ》が飛ぶ。鋼糸が光を放って波打ち、陣を完成へと導く。

簡易型複合錬金鋼《シム・アダマンダイト》の蒼闇《あおやみ》色の刀身が持ち上げられる。肩《かた》に担《かつ》ぐような、刀身を背中に隠《かく》すような構えをとる。柄尻で繋《つな》がった青石錬金鋼《サファイアダイト》の鋼糸が、炎《ほのお》のようにゆらめく。

ニーナが動く。

クラリーベルが迫《せま》る。

二振りの鉄鞭が膨大《ぼうだい》な剄を宿して迫る。その剄は肉体を巡《めぐ》り、いまだ爆発《ばくはつ》していない。

直近で剄技《けいぎ》を放つつもりのようだ。

その背後で、クラリーベルが潜《ひそ》めていた剄技を発動させる。各所に伏《ふ》せられていた剄が爆発する。示された剄技へと化錬《かれん》変化を起こし、レイフォンの眼前《がんぜん》に顕現《けんげん》する。

外力系衝剄《しょうけい》の化錬変化、昇曜光輝《しょうようこうき》。

グラウンドが爆発し、そこから光が溢《あふ》れる。それは、刹那《せつな》のものとして拡散《かくさん》して消えることなく、地面から飛び上がると人の頭ほどの球《たま》となって、その場にとどまり、強烈《きょうれつ》な光を放つ。

それが無数。光はグラウンドを白く染《そ》め上げた。

クラリーベルが足を止める。突撃《とつげき》するニーナから離《はな》れる。新たな変化を起こすために集中する顔だ。

「これは……」

なにが来るのか、わかった。

トロイアットの得意技《とくいわざ》だ。ライトアップやら毘盧遮那《びるしゃな》やらと、その場の気分で技の名前を変えるが、高圧縮された剄から放たれる特殊《とくしゅ》な波長の可視光線を、大気の密度を変えて作ったレンズで凝縮光《ぎょうしゅくこう》とする技だ。

威力《いりょく》はトロイアットほどではないだろう。

そしてだからこその数であり、別の意味での数でもある。

逃《に》げ場《ば》をなくすための数だ。

殺気がレイフォンの全身を包む。ほぼ、全方位から放たれるだろう光線から逃げるには、撃《う》たれる前に移動するしかない。

だが、安全圏《あんぜんけん》となるはずの空間、前方にはニーナがいる。

動かなければ挟撃《きょうげき》となって二人の剄に押《お》し潰《つぶ》される。

回避《かいひ》不能の光線の乱打にさらされるか、あるいは回避できたとしてもその余波だけでも甚大《じんだい》な威力《いりょく》があるだろう一撃《いちげき》に向かい合うか。

迷えば二つを同時に受けることになる。

いや……どちらかに動いたとしてもさらなる罠《わな》が待っているか。

覚悟はもう決まっている。自分の動きは決まっている。そのために鋼糸を撒《ま》き、陣を編み、連弾を重ねている。

「……なら」

レイフォンは…………動かない。

刀の構えを解《と》かない。動く気配を見せない。

二人の戸惑《とまど》う顔を見ながら、迫るニーナやクラリーベルの剄技が発動する気配に、自らも仕《し》掛《か》けた策《さく》を解きはなった。

外力系衝剄《しょうけい》の変化、繰弦曲・雪崩《なだれ》崩《くず》し。

「らぁぁぁぁあっ！」

活剄衝剄混合変化《けんげ》、雷迅《らいじん》。

ほぼ同時にニーナが剄技を発動させる。彼女の存在そのものが光と化したかのように、怒濤《どとう》の雷光《らいこう》となったかのように見えた。轟音《ごうおん》と光が全身を突《つ》き抜《ぬ》けて行く。衝撃《しょうげき》が駆《か》け抜けていく。全身が砕《くだ》かれるのではないかという圧力がのしかかってくる。

背中では光が爆発している。クラリーベルの昇曜光輝が無数の凝縮光を放ったのだ。まさしく光の速度で凝縮された高熱が襲《おそ》いかかる。本来質量などないはずの高熱が着弾《ちゃくだん》するごとに体を強く揺《ゆ》さぶる。瞬時《しゅんじ》に熱が上昇《じょうしょう》するために空気が膨張《ぼうちょう》するためか。背中がちりちりとする。髪《かみ》の焼ける臭《にお》いがする。

だが、レイフォンの足はそこにある。腕《うで》はそこにある。

体はここにある。

傷《きず》を負うことなく、そこに立っている。

「なっ！」

ニーナの驚《おどろ》きの顔がすぐそばにある。その背後で、クラリーベルもまた驚愕《きょうがく》に目を見開いている。

レイフォンの周りは雷迅と昇曜光輝の光に覆《おお》われ、視覚はほとんど利《き》いていない。

だが、なにがどうなっているかは見えている。

わかっている。

レイフォンの周囲には鋼糸《こうし》が張《は》り巡《めぐ》らされている。ニーナやクラリーベルも、それを見て驚いている。

繰弦曲・雪崩崩し。防衛《ぼうえい》対象の周囲に蜘蛛《くも》の巣状《すじょう》に鋼糸を張り巡らし、その表面に膜《まく》状《じょう》に張った防御剄《ぼうぎょけい》とともにあらゆる攻撃《こうげき》を散らすのが、この剄技の働きだ。

そして、蜘蛛の巣状の鋼糸を伝って散らされた攻撃は、野戦《やせん》グラウンド全体に伝播《でんぱ》する。

観客席にいたシャーニッドたちの目には、ニーナたちの攻撃が放たれたと同時に、野戦グラウンド全体が爆発したように見えただろう。

「さあ……これで……」

ニーナたちは策《さく》を出し切ったか。彼女はまだ雷迅を一度出しただけだが、クラリーベルは前回の戦いから考えてもあれで伏剄《ふくけい》を全《すべ》て使い切っているはずだ。

使い切っていないものがあったとしても、鋼糸によって散らした彼女たちの攻撃がグラウンドに伏せられた剄を暴発させているに違いない。

「次は」

そして、レイフォンにはまだ簡易型複合錬金鋼《シム・アダマンダイト》にこめた剄がある。連弾による剄の蓄積《ちくせき》を二つ同時に行い、二つの剄技を待機させていた。

一つは、雪崩崩し。

そして、もう一つ。

「耐《た》え切れれば、あなたたちの勝ちだ」

視界に入ってくる細かな破片《はへん》のようなものは、連弾で崩《くず》れ落ちた青石錬金鋼《サファイアダイト》だ。レイフォンは呟《つぶや》き、そして放った。

天剣技《てんけんぎ》、静一閃《しずかいっせん》。

上段から一閃を振《ふ》り下ろす。

轟音で埋《う》め尽《つ》くされた空気を飲み込むように、静かに剄が放たれた。

刀身から解き放たれた剄の進行は、ひどく緩《ゆる》やかだ。

「な……？」

身構えていたニーナが思わず戸惑《とまど》いの声を出す。これほどに遅《おそ》い衝剄を見るのは初めてに違いない。

速度が重要視される武芸者《ぶげいしゃ》の戦いにおいて、この速度はありえない。

「逃げてっ！」

クラリーベルが叫《さけ》ぶ。

迎《むか》え撃《う》つか迷っていた様子のニーナがこれで後退《こうたい》した。

だが、逃げられはしない。

「無駄《むだ》です」

レイフォンは呟く。その手から簡易型複合錬金鋼《シム・アダマンダイト》が崩れていく。だが、錬金鋼《ダイト》が壊《こわ》れたから技《わざ》が消えるというわけではない。それはすでに放たれ、定められた方向性に従ってひた走っていくのみだ。

最遅《さいち》の剄技が後退するニーナを追う。

それを見、レイフォンは最後の錬金鋼……複合錬金鋼《アダマンダイト》を復元した。

「なんだ、これは!?」

ニーナの叫《さけ》びが聞こえる。不可解に悲鳴を上げていた。

彼女はただまっすぐに後退しているわけではない。自らの技の余波で地面が爆砕《ばくさい》し、砂《さ》漠化《ばくか》しかけているグラウンドを足を取られないようにしながら駆《か》け回っている。

それをレイフォンの放った衝剄は、追いかける。

「遅いのは、その剄の密度が恐《おそ》ろしく高いからです。そしてその誘導性能《ゆうどうせいのう》は化錬剄が応用されています！」

「あれかっ」

ニーナに覚えがあるようだ。

と、思い出す。武芸大会前に行った隊長対抗《たいちょうたいこう》の試合でニーナがゴルネオと戦ったときに、同じ技を受けている。

「糸のようなものが……」

ニーナが自身の体に付着している化錬剄の糸を探す。すぐに見つけられることだろう。

この剄技は純粋《じゅんすい》に対老生体戦用の技であり、対武芸者戦用ではない。同じ天剣技《てんけんぎ》の霞《かすみ》楼《ろう》が浸透剄《しんとうけい》を利用した外面内面同時破壊《はかい》の技ならば、静一閃《しずかいっせん》は外殻《がいかく》破壊特化技《とっかわざ》だ。蛇流《じゃりゅう》による誘導《ゆうどう》性能を付加したとてつもなく重い一撃《いちげき》は、狙《ねら》った場所を確実に破壊する。

だが、その遅さゆえに、対武芸者戦には向いていない。

実際、いまもクラリーベルに蛇流の糸を見つけられ、切断されてしまった。目的を見失った静一閃は野戦グラウンドの地面に向かって落ちていく。

「それで……終わりじゃない！」

刀となった複合錬金鋼《アダマンダイト》を振り、追加の連弾《れんだん》を投じる。静一閃の連弾はやはり重い。ゆえに刀身を利用して投げる。

上空に移動していた静一閃と合流した連弾によって、剄技はより重さを増す。蛇流を切られたことによって推進力を失った剄技は、その重さに任《まか》せて落下を開始する。

そして、さきほどの連弾によって加えられた剄が落下を待たぬまま起爆《きばく》を促《うなが》す。

「なっ」

「うわっ」

二人の悲鳴が爆発に埋《う》もれる。

「さあ、どうなる」

天剣技に要する剄の容量を考えれば単純な爆発でも威力《いりょく》は高い。

だが、爆発は二人に対して収束《しゅうそく》されたわけではない。衝撃《しょうげき》はむだに散らばり、実際に彼女らに与《あた》えられた打撃《だげき》は少ないだろう。だからこそ、防御《ぼうぎょ》が間に合わないタイミングを狙《ねら》ったつもりだが……

爆発が落ち着き、濛々《もうもう》と舞《ま》っている土煙《つちけむり》が薄《うす》まっていく。

野戦グラウンドに元の地形はどこにもなかった。

「二人は……」

あの規模《きぼ》の爆発となると、レイフォンでも気配を見失う。

だが、向こうが動けば、その気配を逃《のが》しはしない。

「……はっ！」

いた。

右。

複合錬金鋼《アダマンダイト》の長大な刀では間に合わない。レイフォンはその場で体勢を低くする。

赤い斬線《ざんせん》が頭上を行き過《す》ぎた。

クラリーベルだ。

そのまま駆《か》け抜《ぬ》けていく彼女を追うことなく、その位置を確認《かくにん》しつつ、もう一つの気配を探す。

見るよりも先に、膨大《ぼうだい》な剄圧が土煙を押しのけた。

「……金剛剄《こんごうけい》が間に合ったんですね」

発動が間に合わないタイミングを狙ったつもりだったが、彼女の防御《ぼうぎょ》反応はレイフォンが知っているときよりもさらに速くなっているのだろう。クラリーベルの動きが速かったのは、ニーナが盾《たて》となって彼女の剄を温存できたからだろう。

「……はは」

思わず、笑いが零《こぼ》れる。

これは、負けた。

自然と、その言葉が浮《う》かんできた。

連弾を使い、錬金鋼《ダイト》を二つも犠牲《ぎせい》にして仕掛《しか》けた技《わざ》を見事に切り抜けられてしまった。最後の詰《つ》めが甘《あま》かった自覚はある。だが、それもまたいまのレイフォンの実力ということだ。

ニーナはここまで強くなった。クラリーベルとの連携《れんけい》は、予定外のものを反射的に行えるまでになっている。

小隊ではないクラリーベルとだ。どこかでこっそりと時間を見つけて訓練していたのだろう。

その地道《じみち》な努力がレイフォンを圧倒《あっとう》しようとしている。

だが……

「まだ、武器はある」

レイフォンの手には複合錬金鋼《アダマンダイト》が残っている。

「動く体がある」

傷《きず》の一つを負ったわけでもない。勝ちを望んで仕掛けた策《さく》が外れた以上、負けを認めて退《しりぞ》くのが利口だとわかっていても、いまはそれを選択《せんたく》したくない。

「それなら、まだ戦える」

利口な選択《せんたく》をすればいいというわけではない。いまの彼女たちを相手に、そんな選択をしてもいいことはなにもない。

「とことんやってやる」

そう決めた。

クラリーベルが再び気配を殺していた。ニーナが剄を練《ね》りながら近づいてくる。

レイフォンは複合錬金鋼《アダマンダイト》の刀を構えた。

どこまでも戦う。

その覚悟《かくご》で。

†

息を呑《の》んでその戦いを見守った。

気がついたら、時間はあっという間に過ぎていた。

野戦グラウンドの使用時間が過ぎたと告《つ》げに来た事務員もなにも言えなくなっていた。

観客席にいた他の人たちにも授業や予定があったはずだろうに、誰《だれ》も席から立とうとはしなかった。

メイシェンも同じだ。

動けなかった。

レイフォンに頼《たの》まれて昨日《きのう》のおかずを弁当にして持って来て、そのままそこから動けなくなっていた。

野戦《やせん》グラウンドではレイフォンが戦っている。ニーナとクラリーベルを相手にとても激《はげ》しい戦いを演じている。

一般人《いっぱんじん》のメイシェンが武芸者《ぶげいしゃ》の戦いを理解できているとは思えないけれど、しかしそれでも、第十七小隊の対抗試合《たいこうじあい》は欠かさず見てきた。

だから、わかることも多少はある。

ニーナが強くなった。圧倒的《あっとうてき》に強いと思っていたレイフォンを、クラリーベルと二人がかりとはいえ押《お》している。むしろレイフォンが互角《ごかく》を維持《いじ》しようと必死になっているように見える。

それを見て、メイシェンの価値観が崩《くず》れかけようとしていた。

レイフォンは強い。その強さは、きっとこの学園都市で誰も勝てないほどのものと思っていた。

その思いは事実とは関係がない。女の子の幻想《げんそう》でしかないことをわかってもいた。

入学式の騒動《そうどう》で颯爽《さっそう》とメイシェンを助けてくれたレイフォンの姿《すがた》は、そんな幻想を抱《いだ》かせるには十分すぎた。レイフォンは誰にも言えない戦いでどれだけの怪我《けが》を負おうと、その幻想が崩《くず》れることはなかった。

だがいま、それは崩れようとしている。

レイフォンを追いかける立場だったはずのニーナが、彼に肉薄《にくはく》しているという光景が崩そうとしている。

「……レイとん」

観客席にいるメイシェンにレイフォンの表情などわかるはずもない。あちこちで突如《とつじょ》として立ちのぼる土煙《つちけむり》の隙間《すきま》から消えては現われる彼らの残像を追いかけるのが精々《せいぜい》だ。

だがそれでも、ほとんど見えなくても、わかる。わかってしまう。

メイシェンの幻想はいま崩れた。

「先輩《せんぱい》、大丈夫《だいじょうぶ》ですか？」

「う、うん」

弁当を運ぶのを手伝ってくれたヴァティがよろけたメイシェンを支えてくれる。ありがとうを言う余裕《よゆう》がなかった。

変わっていく。

「……それのなにが悪いの？」

思わず呟《つぶや》く。

自分だって変わろうとしている。幼《おさな》なじみの背中にしかいられなかったのに、一人暮《ぐ》らしをして、自分の店を持った。

周囲だって変わる。レイフォンとニーナの実力の差に変化が起きたところで、驚《おどろ》くことではあっても立ち眩《くら》むようなことではないはずだ。

「違《ちが》う、そうじゃない」

変化していることが許せないわけではない。

変化に含《ふく》まれた因子《いんし》が許せないのだ。

「……ゆる………せない？」

自分の思った言葉にさらに頭を殴《なぐ》られたような気分になる。許せない。なんて傲慢《ごうまん》な言葉だろう。他人の変化が自分の気に入らないものだからと、許せないなんて……

しかし。

「なにを……許せないの？」

それがわからない。

いや、わかっている。

細かいところはわからない。どの部分が気に入らないのかはわからない。

だが、そのなにかをメイシェンがどう感じ、受け取っているのかはわかっている。離《はな》れていく。

遠くへ行ってしまう。少し前にそう感じたことが現実に近づいている。本当になろうとしている。

そう思ったからこそ、許せないという言葉が浮かんだのだ。

「でも、それってやっぱり……」

ただの傲慢だ。本当にレイフォンが離れていくのだとしたら、それを止める権利《けんり》がメイシェンにあるはずがない。

だけど、それは……

まだ時間がある。そう思っていた。ツェルニを卒業するまでまだ五年ある。

一歩一歩、前に進んでいけばいいと思っていた。幼なじみの庇護《ひご》から抜け出し、少しずつ自分の気持ちを外にはき出せるようになればいいと思っていた。

「間に合わない」

そうなのかもしれない。離れていくという感覚が、現実としてどういう形になるのかわからないけれど、その言葉通りに学園都市そのものを離れていくのだとすれば、メイシェンの変化の速度ではレイフォンに追いつけないことになる。

自分の気持ちを表に出せるようになる前に、レイフォンはいなくなってしまうかもしれない。

「それは……」

それが、許せない。

「でも……」

それなら、どうすればいいのか？

グラウンドでの戦いは続いている。

激《はげ》しすぎてなにがどうなっているのかわからない。だけど、その激しさはいままで見た小隊対抗戦《しょうたいたいこうせん》では決して起こらなかったものだ。

それが変化だ。

そしてその変化は、この戦いの騒々《そうぞう》しさ同様、もうこの学園都市という場所がレイフォンたちには狭《せま》すぎるという意味なのかもしれない。

だから、離れていくと感じるのだ。

結局、戦いはそれから数時間続き、終わったときには空が朱《しゅ》に染《そ》まっていた。

「ごめん、せっかくお弁当運んできてもらったのに」

「ううん、いいの」

控《ひか》え室《しつ》でぐったりとしたレイフォンに謝《あやま》られて、メイシェンにそれ以上の言葉はなかった。

顔は汗《あせ》と泥《どろ》で真っ黒に汚《よご》れ、戦闘衣《せんとうい》もそこら中が破れている。

戦闘後の控え室にお邪魔《じゃま》したことは、いままでなかったはずだ。

「さすがにちょっと……すぐには食べられないかな」

「うん、しかたないよ」

ぐったりしたレイフォンは腰《こし》かけに座《すわ》ったまま動こうとしない。背筋が曲がり、重々しく、だらしなく座っている姿というのはいままで見たこともない。

それだけ疲《つか》れているということだ。

「どう……だったの？」

「ん？」

「あの……試合」

「ああ……うん」

言葉の意味がわかってレイフォンが浮《う》かべた表情に、胸を衝《つ》かれた。

泥だらけの疲れ切った中から滲《にじ》み出る満足げなその顔に、メイシェンはまたも突き放された気になってしまう。

「失敗したとこもあるけど、まぁ、がんばれた方じゃないかな」

このままではいけない。

「……でも、いままではレイとんの方が」

「そうだよね。こういうこともあるんだね」

「こういうことって……？」

「……普通《ふつう》の人にはないこと。だけど、普通の人にはないから普通の人じゃないってわけでもないんだよね」

「……レイとん？」

やはり、レイフォンは疲れているのだ。そう思った。

心も体も疲れているから、なにかを、自分のことなのに気付いていなかった、そして気付く必要もなかった自分の側面に気がついてしまったのかもしれない。

だけど、それはさらにレイフォンに変化を促《うなが》してしまう。

「そんなつもりはなかったけど、たぶん、僕《ぼく》は自惚《うぬぼ》れてたんだと思う。冷静で客観的な意見っていう建前ですごい傲慢《ごうまん》なことを言ってたんだったら、すごい、恥《は》ずかしい」

「そんなことないよ！　レイとんはっ……!!」

「……め、メイ？」

思わず出た大声に、レイフォンが目を丸くしている。

「レイとんは……すごい、すごいんだよ。レイとんは、わたしを助けてくれたんだから」

「あれは……」

「レイとんにとってはなんでもないことでも、わたしにとっては……」

レイフォンの言葉を封《ふう》じる。たいしたことがない。彼がそう言うことはわかっている。だけど、そんなたいしたことがないことでもメイシェンには大事なことで、大切な、失いたくないものになっている。

なってしまっているのだ。

「だから……レイとんは、わたしにとって、レイとんは……」

「メイ……？」

なにを言おうとしているのか？　自分で招《まね》いたとんでもない流れにメイシェンは気付き、戸惑《とまど》った。

だけど、これはもう止まれないのではないのか？

レイフォンが迎《むか》えようとしている変化に、メイシェンの心の変化や成長は追いつけないかもしれない。

普通《ふつう》にしていたら。

なら、いまこのとき、むりやりにでも。

心が痛くても、辛《つら》くても苦しくても、うまく伝えられなくても、いまこのとき、むりやりにでも心を開いて、レイフォンに見せなくては。

そうでなければ、もう気持ちを伝えられないかもしれない。

「わたしは、レイとんが……レイとんのことが………」

だからもう、開いてしまうしかない。

大事な大事な、宝《たから》にも等しいこの気持ち。

宝箱に入れて大事にしたい。誰《だれ》にも見せたくない。わたしだけの気持ち。

だけど、見られることのない宝物はないも同然。開けられることのない宝箱は、その中身が本当にあるのかどうか、誰にもわからなくなる。

そして、鍵《かぎ》をなくしてしまったら……？

心の鍵を。

その姿を、レイフォンを見失ってしまっても、宝箱に宝はい続けてくれるのだろうか？

そう思ったら、もう……

「わたしは、レイとん……レイフォンのことが」

「メイ……？」

「レイフォンのことが、好きです」

だから、いま開くのだ。

大事な大事な宝物を、宝箱から解放するのだ。

02　ニーナの戦場

体に鉛《なまり》が入ったようだ。

「う、あー」

そして、石にでもなったかのように関節が悲鳴を上げている。

「これは、さすがにきついな」

「です、ねぇ。頸脈疲労《けいみゃくひろう》、一歩手前って感じです」

「うむ」

ここは、野戦《やせん》グラウンドの控え室だ。

激《はげ》しく、そして長い戦いを終えて、ニーナとクラリーベルはここにいた。

「あーっ！　でもっ！　見た？　見ましたか、ニーナさん!?」

「ああ」

「あれが、レイフォン・アルセイフです！　ふぁぶぅあっ！」

「……身に染《し》みた」

興奮《こうふん》して立ち上がり、筋肉痛《きんにくつう》で悶絶《もんぜつ》するクラリーベルにニーナは苦笑《くしよう》する。

「身に染みたさ」

レイフォンが第十七小隊に入隊してから一年と少し。共に訓練し、模擬戦《もぎせん》とはいえ戦ったこともあるが、こんな、本気の戦いは初めてだ。

「遠くで見ているのとは大違《おおちが》いだ」

「あれが、対汚染獣《おせんじゆう》戦用のレイフォンさんです。鋼糸《こうし》ありのあの人と戦ってどうでした？」

「すごいな……」

そう答えるしかない。

刀と鋼糸を同時に使えた序盤《じよばん》は、むしろ罠《わな》の仕掛《しか》け合いで錬金鋼《ダイト》を消費してしまっていたが、その後の複合錬金鋼《アダマンダイト》による鋼糸と刀の変形を活用した戦い方は巧緻《こうち》の一言に尽《つ》きる。

そしてとてつもない威圧感《いあつかん》だった。

「まるで、とてつもなく強い汚染獣を相手にしているような気分だった」

「でしょう！」

クラリーベルはとてもうれしそうだ。

「刀撃《とうげき》戦こそがレイフォンさんの真骨頂《しんこっちょう》ではありますが、鋼糸混ぜ合わせたなんでもありの戦いとはまた質が違《ちが》うと言いましょうか、こちらの方がより怖《こわ》いと言いましょうか。もちろん、鋼糸の技術はリンテンス様に劣《おと》られるのですが、しかしそれでもすごいのですよ。問題なのはやはり技術の深度ではなく、その技術を活用する瞬発力《しゅんぱつりょく》ということなのでしょうか。なにしろレイフォンさんは他《ほか》の方の剄技《けいぎ》を見ただけで取り込めるという他の方にはない特技を持つ方ですから、それを応用した戦い方に特化しているということですよね。そうですよ、なにしろあの方は天剣授受者《てんけんじゅじゅしゃ》の歴史の中でも唯一《ゆいいつ》、ただ一人！　己《おのれ》の得意武器を天剣としなかった人なんですから……」

幸福感で表情を蕩《とろ》かせたままクラリーベルは喋《しゃべ》り続ける。喋り続けたまま腰《こし》かけに座《すわ》り直し、そのまま寝転《ねころ》がり、それでも喋り続け、そしてその声が次第《しだい》に小さくなっていく。

「クララ、寝るなら部屋に戻《もど》ってからにしてくれよ。さすがに今日は担《かつ》いで帰れないぞ」

「わかってますよ〜。そんなことよりレイフォンさんですよ。見ましたか？　わかってます？　前回のわたしとの戦いでは霞楼《かすみろう》を、今回は静一閃《しずかいっせん》です。超《ちょう》重量級の天剣技ですよ。天剣技ですよ？　レイフォンさんが編《あ》み出し、レイフォンさん自身が天剣を使わなければ発現不可能と断じたから天剣技という名が付けられているのですよ？　それを、この都市ならではの改良がされているとはいえ普通《ふつう》の錬金鋼《ダイト》で発現させせるなんて。さすがレイフォンさんです。ただ野に埋《う》もれていたわけではないのですね」

「そうか」

レイフォンはすごい。

廃貴族《はいきぞく》を身につけ、その膨大《ぼうだい》な剄力《けいりょく》を存分に扱《あつか》うことのできる錬金鋼《ダイト》をツェルニからもらったニーナを、そして変幻自在《へんげんじざい》の化錬剄《かれんけい》を操《あやつ》るクラリーベルを相手にしても一歩も退《ひ》くことはなかった。

レイフォンはすごい。わかっていた。そんなことは、あの最初の対抗試合《たいこうじあい》のときからわかっていた。

そのレイフォンに、今日、勝ったのだ。

「ああ、本当にすごい」

その事実には、虚脱《きょだつ》してしまうほどのうれしさと、そして寂《さび》しさがある。自分一人で勝てたわけではないのだけれど、いままで彼を目指して錬磨《れんま》してきた部分もある。届くはずのない遠い場所にいるのだと思っていた。

そこに届いたことに申し訳なさがある。廃貴族という助力があったからこそだと思う部分もある。気にする必要はないとクラリーベルは言う。廃貴族にもそう言われたことがある。どんな力も使いこなせなければ意味はないと。

二人がかりだった。だから、一人で成《な》し遂《と》げたという喜びはない。だけど、一人の力で成し遂げられないことを協力して成功させることが間違《まちが》いだとは思わない。そうでなければ、第十七小隊など作らなかった。隊員など誰《だれ》でも良い。自分だけ強ければいいと思っていたはずだ。

「そうか……」

第十七小隊。

いつのまにか、クラリーベルは眠《ねむ》ってしまっていた。

「クララ、わたしだって疲《つか》れている。運べないぞ」

「わかってま、ふ、よー」

答える声も呂律《ろれつ》が回っていない。そのまま、寝息《ねいき》に変わってしまう。

「……看護室《かんごしつ》ならシーツぐらいはあるだろう」

ニーナだって立ち上がるのも億劫《おっくう》なほど疲労《ひろう》している。シーツは二人分いるなと、重い体を引きずるようにして立ち上がる。

「第十七小隊」

シャワーも浴びないまま、泥《どろ》だらけで廊下《ろうか》を進む。寝る前に、なんとしてもシャワーだけはと思うのだが、それもできるかどうか自信がない。

「わたしの小隊。だけど……」

クラリーベルとともにレイフォンに挑《いど》む。

彼に挑戦《ちょうせん》することが自体が問題ではない。クラリーベルとともに、ということにも問題はない。

だが、その真意を、理由を、誰にも告《つ》げられないということ。

「裏切ったのは、わたしか」

呟《つぶや》く。

しかたがないことだとしても。その事実はニーナにではなく、その周囲に深く刻《きざ》み込《こ》まれる。無人都市での戦いでレイフォンが言ったように。刻み込まれたものからなにかを読み取り、そして考えることだろう。

廊下を進む足が重い。

疲れているからか、それとも、その事実に気付いてしまったからか。

「……もう、だめかもしれないな」

呟きも重い。

その重さに耐《た》えていけるのか。

疑問が、勝利の余《よ》韻《いん》を崩壊《ほうかい》させていく。

†

シャーニッドは考える。

「……どうかしたのか？」

隣《となり》のダルシェナは気付いていないのか、シャーニッドに怪訝《けげん》な目を向けるのみだ。

「ん？　ああ……」

「なぁ、さっきの、なんも思わなかったのか？」

野戦グラウンドからの帰り道だ。食事に誘《さそ》ってみたがいつもの調子で断《ことわ》られ、道が分かれるまでを特になにを話すでもなく歩く。その途中《とちゅう》でのことだ。

普段《ふだん》なら、シャーニッドがいつもの調子でダルシェナに話しかけ、それを彼女が邪険《じゃけん》にあしらうという光景になるはずだが、今日は本当にシャーニッドが黙《だま》っていたため、ダルシェナも気になったのだろう。

「さっきの……？　ニーナの強さのことか？　それともクラリーベルと組んでいたということか？」

「なんだ、わかってるんじゃねぇか？」

「ふん。嫉妬《しっと》か？」

「どうなんだろうなぁ」

強さのことは前からわかっていた。グレンダンと接触《せっしょく》したり汚染獣の大群に襲《おそ》われたりと、あの泥沼《どろぬま》のような戦場の中でニーナは異常《いじよう》な強さを見せた。

そして異常な世界との関《かか》わりについても告白された。

結局のところ、ニーナの懸念《けねん》する他の者が巻き込まれるということにはならず、シャーニッドの日々は平穏《へいおん》なままだ。入学式の頃《ころ》にあった私的なことを除けば、だが。

あの件については、ダルシェナも関わりがある。いまのところは落ち着きを見せているようだが、本当のところはどうなのか。

（まぁ、それはともかくとして、よ）

横道にそれた思考を元に戻して、シャーニッドは考えを口にする。

「どうにも我《われ》らの隊長殿《どの》は隠《かく》し事《ごと》が大好きみたいだな」

「なにか隠していると？」

「厄介事《やっかいごと》だろう、どうせな」

「それが原因で今日の試合があるのだとしたら、それでお前はどうする気だ？」

「どうすんべかなぁ……」

ダルシェナにもニーナの話は伝えてある。

伝えてはいるのだが……

「私はいまだに信じ切れていないが」

「まっ、そりゃそうだわな」

半信半疑なダルシェナの態度も別におかしな話ではない。

「たしかにおれたちはこっち側からグレンダンに蓋《ふた》するようなでかい化《ば》け物を見ちまったわけだが……」

「そんなもの、特殊《とくしゅ》で異常な汚染獣だったと言うことだってできる」

「ツェルニとグレンダンが接触した訳は？　そんなご近所さんてもんじゃねぇだろう。グレンダンの周辺は汚染獣の異常発生区域って話だしな。ツェルニから近づいたってことはありえない」

「そうか？　その少し前に都市が暴走して汚染獣の群れに突《つ》っ込《こ》んでいたじゃないか。ツェルニの電子精霊《でんしせいれい》がおかしくなったという可能性は？」

「……なるほど」

ダルシェナがどれくらい本気でそれを言ったのかはさすがにわからない。

だが、ありえない話ではない。ツェルニがおかしくなって汚染獣の群れに突っ込んだのは事実だし、グレンダンとの接触もその延長だという解釈《かいしゃく》はできる。

あの化け物の群れも、巨大《きょだい》な怪物《かいぶつ》も、全てはすでにこの世界に存在する、一般《いっぱん》ではなくとも特殊な、そして異常な存在であったというだけの話なのかもしれない。そこから奥《おく》になんらかの意思が隠れていたりはしないのかもしれない。

ニーナが立ち向かっているだろうと考える、泥沼のさらに奥に引きずり込まれるような秘密《ひみつ》など、実はないのかもしれない。

シャーニッドの考えすぎかもしれない。

「ニーナと、グレンダンから来たクラリーベルが組んで、たぶんレイフォンにさえなにも言わないで、おれたちを外側においてなにかしてる。……そういうことはないってか？」

「知りたければ、聞けばいいんじゃないか？」

「シェーナは気にならねぇ？」

「そうだな、私は、あいつのために命をかけるということはないからな。話さないことにまで関わろうとは思わない」

「まっ、お前さんはそうか」

第十七小隊に入った経緯《けいい》が経緯だ。シャーニッドも昔《むかし》いた第十小隊が消滅《しょうめつ》し、隊長だったディンも故郷《こきょう》へと連れ戻《もど》された。

「私にとって小隊とは、もはや実力を下げないため、より効率よく能力を向上させるための場所に過ぎない。それ以上を私は、もう求めない」

「……なるほどな」

それを言ったダルシェナの顔は見ないようにした。

学園都市での生活は六年だ。

「もうおれたち、五年だもんな」

いまからなにかに心血を注《そそ》ぐ、あるいは新たな人間関係を構築する。それをするにはあまりにも時間がなさすぎる。学園都市での生活は六年で終わる。学生の時間は無限ではない。終わりは決められてしまっている。

それが近いと感じてしまっては、がむしゃらにはなれない。まだ一年ある、と精神力を燃やすにたるものが見つけられるとも思えない。

「そうだ」

だから、頷《うなず》く彼女にこれ以上のなにかを期待できない。

「だが、それは私の問題だ。お前の問題ではない」

「……ん」

「こんなところでふて腐《くさ》れるために、お前は私たちから離《はな》れたのか？」

「…………」

答える言葉を探《さが》しているうちに道が分かれた。ダルシェナは別れも追い打ちの言葉もなく、返答を求めもせずその道を行く。足を止めてしまったシャーニッドは進んでいく彼女の背中を眺《なが》めるだけだった。

頭を掻《か》く。

空を見る。

「まいったね」

そう呟《つぶや》くのが精々《せいぜい》だった。

†

大量の雑務をこなした体は重い。

「まったく……」

そう漏《も》らしたゴルネオの姿《すがた》は病院にあった。時刻は夕方であり、見舞《みま》い時間はもうすぐ終わりになろうとしている。肩《かた》やら首やらが凝《こ》りに凝っている感覚に顔をしかめつつ、目当ての場所を目指す。

入院患者《かんじゃ》のいる病棟《びょうとう》だ。

「シャンテ、入るぞ」

ノックをするとすぐに入る。

個室なのだが、そこには先客がいた。

いるはずがない人間がいた。

「あ、お疲《つか》れ様《さま》～」

「……なぜいる？」

見舞客《みまいきやく》はサミラヤだった。生徒会棟《とう》で仕事をしているとばかり思っていた生徒会長がなぜかここにいる。

生徒会選挙のときのいろいろで、サミラヤはシャンテと知り合ったのだが、それ以来彼女は暇《ひま》を見つけるとこうして見舞いに来るようになっている。

それはそれで嬉《うれ》しいことではあるのだが。

しかし今日は。

「え？　だって、わたしの仕事は終わってるよ？」

「……野戦グラウンドの修繕費《しゆうぜんひよう》用案は見たか？」

「え？　そんなの今日できるわけないじゃん」

きょとんとした顔で言い切るサミラヤに、ゴルネオはこめかみを押《お》さえる。今日行われた試合は生徒会長、武芸《ぶげい》科長、両方の許可の下《もと》に行われている。前回の特別任務のこともあって、小隊からの個別使用申請《しんせい》でありながら、修繕費に小隊負担分が存在しないようになっていた。

しかしそれも、普段《ふだん》ならばそれほど急ぐ必要のないものではある。

今回は、破損《はそん》が激《はげ》しすぎた。

レイフォンとクラリーベルが戦うということで、前回ぐらいの被害《ひがい》を予想していたのだが、そこにニーナが加わり、そしてまたニーナの実力がゴルネオの知っているものとはかけ離れていたために、被害は予想を大きく上回った。

だからこそサミラヤは、被害の調査と見積もりがすぐに終わるわけがないと思ったに違《ちが》いない。

「おれは認可《にんか》のサインをしてきたが？」

「………………え!?」

ゴルネオの返答にサミラヤの顔がみるみる青くなる。

「野戦グラウンドの担当員が武芸科の試合が好きなのは小隊員の間では有名な話でな。奴《やつ》らは常に試合を観戦し、試合の間にだいたいの被害を計算し、修繕計画を出してしまう」

「マヂデスカ？」

「今回はさすがに被害が大きいので確認に時間がかかったが、それでも執務《しつむ》時間内でまとめてきたぞ」

「ウ、ア、ア、ア……」

ゴルネオの説明を聞きながらサミラヤは変な声を出して悶絶《もんぜつ》する。ゴルネオの脳裏《のうり》には生徒会長室で静かに怒《おこ》っているレウ副会長の姿が浮《う》かんでいた。

それはサミラヤもまた同じなのだろう。

「ちょ、ちょっと、今日はこれで失礼させてもらうわね！」

そう言うや、バタバタと病室を去っていく。

「病院で走るな」

とりあえずそう声をかけると、ゴルネオはため息を吐《つ》いてベッドに目を向ける。

ベッドにはこちらを見て静かに微笑《ほほえ》んでいる女性がいた。

シャンテだ。

同《おな》い年でありながらゴルネオの肩に乗るぐらい小さかった彼女だが、グレンダンでの一件から今日まで、体が驚《おどろ》くほどの速度で成長している。

以前になんどか見たことのある、一時的な急成長とは違うようだ。

元のサイズに戻《もど》る様子はなく。まるで、数年間かけて行う成長を駆《か》け足《あし》で行っているかのようだ。

医者からその話をされたとき、以前、レイフォンがシャンテの変化を見てアルシェイラの例を挙《あ》げ、強力な剄《けい》で成長を止めているのではという話をした。

しかしそれでは、大人から子供の姿への変化の説明は付かない。

とにかく、シャンテの成長はいまのところ止まる様子はなく、その成長は普段《ふだん》の生活の栄養補給《えいようほきゅう》では間に合わない危険《きけん》があるため、こうして入院生活を続けることになった。

「元気か？」

「うん。これがあるから走り回れないけど」

そう言って点滴《てんてき》の管を見せるシャンテの様子が昨日とはまた微妙《びみょう》に違う。それがゴルネオを落ち着かない気分にさせる。

「こんなに毎日来なくてもいいのよ」

「そういうわけにもいかん」

「どうして？」

首を傾《かし》げるシャンテに、ゴルネオはやはり落ち着かない。彼女の前にはサミラヤがおみやげとして持って来たのだろうお菓子《かし》が広げられ、まだ残っている。

ゴルネオの知っているシャンテは、そんな話し方をしない。

ゴルネオの知っているシャンテは、目の前にある食べ物を残したりはしない。

「……一週間もしたら、お前だとわからなくなりそうだからな」

「大丈夫《だいじょうぶ》だよ。ゴルはきっとわかってくれる」

「ふん」

微笑みかけられ、ゴルネオは目をそらした。

「それに、ゴルがわからなくても、わたしがわかるから大丈夫だよ」

「ふん」

ああ、落ち着かない。

なんどか見たことのある、獣《けもの》っぽいシャンテがそのまま成長しただけなのとは違う。成長に合わせて心もまた成長している様子の彼女に落ち着かない。

いつのまにか、ゴルネオの方が子供になってしまったような感じが落ち着かない。

「ああ、まったく……」

目覚めない間も落ち着かなかったが、目覚めてからも落ち着かないとは。

日に日に美しくなっていく彼女に落ち着かないのだ。

†

二人揃《そろ》って変な時間に目が覚めてしまった。

「うーん」

「どうしたものでしょう？」

控《ひか》え室《しつ》は真《ま》っ暗《くら》になっていた。野戦グラウンドの管理人はニーナたちに気付かなかったのだろうか？　それとも気付いて、起きる様子のないニーナたちに呆《あき》れて放置したのだろうか。

どちらであれ、ニーナとクラリーベルは暗い野戦グラウンドの控え室に置き去りにされてしまった。

「……とりあえず、シャワーを浴《あ》びたいな」

「使えたらいいのですけど」

空腹でもあるが、やはりそれよりも自分の体から漂《ただよ》う汗《あせ》の臭《にお》いや乾《かわ》いて張り付いた泥《どろ》の感触《かんしょく》がたまらない。

ニーナの言葉にクラリーベルも同意する。二人でシャワールームに向かう。照明は点《つ》かなかったが温水は出た。廊下《ろうか》から漏《も》れる非常灯《ひじょうとう》を頼《たよ》りに、二人はシャワーで汗とこびり付いてしまった泥を落とした。

「それで、どうします？」

汗を流し、落ち着いてしまえば今度は空腹が激《はげ》しく自己主張をする。

「……といっても、さすがに鍵《かぎ》をかけられているだろう」

「警備員《けいびいん》はいるんじゃないですか？」

「いる……かな？」

「……いそうな音がしていませんね」

いるのかもしれない。だが、武芸者《ぶげいしゃ》たちが戦う広大な野戦《やせん》グラウンドを囲むようにしてあるのがこの建物だ。すぐ近くにはいないのかもしれない。

「観客用のフード自販機《じはんき》が生きてないかな？」

「力業《ちからわざ》で脱出《だっしゅつ》したら後が面倒《めんどう》でしょうしね」

自販機の電源は入っていた。食べ物と飲み物を手に入れると二人はまた控え室に戻《もど》り、買い込んだヌードルやサンドイッチ、揚《あ》げ物《もの》などを食べ漁《あさ》る。

女性とはいえ空腹の極致《きょくち》にあった武芸者が二人がかりで食欲《しょくよく》を満たそうとすればそういう表現が相応《ふさわ》しい状態になってしまう。

しばし、無言でありながら騒々《そうぞう》しい食事風景が続いた。

「ふう、満足です。やはりこういうときは質より量ですね」

クラリーベルが満足げな息を吐《は》いたときには、腰掛《こしか》けのそばにはゴミの山ができていた。

「まったくだ」

ニーナも息を吐く。体中にこびり付いていた疲労《ひろう》がようやく落ちきったような満足感が体中を巡《めぐ》っていた。

「……で、これからどうします？」

「開くまで待つしかないだろう」

「あ、やっぱりそうなります？」

「警備《けいび》室《しつ》に行ってもいいが……」

「なんか気まずいですしね」

そうなるともう一度寝《ね》てしまうのが一番の方法になる。二人はゴミを片付けると再び腰《こし》かけに横になった。

「……ところでニーナさん」

「なんだ？」

「誰《だれ》か好きな人とかいないんですか？」

「なっ!?」

いきなりのクラリーベルの質問に、ニーナは腹筋《ふっきん》だけで起き上がってしまった。

「い、いきなりなにを言う？」

「いや、恋《こい》バナ～って感じですか？　そういえばそういうのをニーナさんとしたことがなかったなと」

「あたりまえだ。そんな話……」

「嫌《きら》いですか？」

「か、軽々しくする話ではない」

興味津々《きょうみしんしん》と輝《かがや》くクラリーベルの目から逃《のが》れようと、ニーナはそっぽを向く。

だが、そんなことで彼女は話題を止めない。

「そうですか？　こういうのは情報を交換《こうかん》し合うものだと思いますけど」

「そんなことは……」

「レイフォンさんとか、どう思ってます？」

「……お前が好きなのだろう？」

「そうですけど、わたしはニーナさんもそうなんじゃないかなって思ってますけど？」

「そっ！　そんなことは、ない！」

「そうですか？」

「そうだ」

「そうですか。じゃ、レイフォンさんとわたしがあーんなことやこーんなことをしても問題ないってことですね」

「未成年がそんなことをしてはだめだ」

「そのお堅《かた》さに嫉妬《しっと》は混じっていないのですか？」

「だから……」

言いかけ、ニーナは言葉を詰《つ》まらせた。クラリーベルの浮《う》かべている表情はとてもまじめで、その瞳《ひとみ》は冗談《じょうだん》を言っているようには見えなかった。

「ニーナさん」

「な、なんだ？」

「わたしたちは、もしかしたら明日死ぬかもしれないんですよ。アレの気が変われば、いまこの瞬間《しゅんかん》にでも」

「あ、ああ……」

「だから捨《す》て鉢《ばち》だとか享楽《きょうらく》的になれだとか言いたいわけではないのですが、後悔《こうかい》しない程度には自分に正直になった方がいいと思いますけど？」

「そ、そのつもりだ」

「では、本気でレイフォンさんのことは……？」

「そ、それは……」

「まぁわたし自身、どうなるかなんてわかりませんけど。それでも気分的にでも後腐《あとくさ》れはなくしておきたいじゃないですか」

「後腐れって……」

「親友と同じ男を取り合うって、良い気分じゃないと思いますけど？」

「……クラにそう呼ばれるとなんだか変な気分だな」

「おかしいですか？」

「……どうかな、よくわからない」

嫌《いや》な気分でないのは確《たし》かだ。

しかし、レイフォンへの気持ちとなると……

「本当によくわからないんだ」

武芸者《ぶげいしゃ》としては尊敬している。同じ小隊の仲間としてはこれ以上心強い存在はいないと思っている。

しかし、異性《いせい》としては……？

無人都市でのことを思い出す。治療《ちりよう》でレイフォンに背中に薬を塗《ぬ》ってもらったときだ。あのときに感じた緊張《きんちよう》を自分の気持ちの表れとすることはできる。

だけど、それが実感となっているかというとそういうわけでもない。

好きではない。そう言い切ってしまうのには抵抗《ていこう》を覚えるのだが、しかしかといって恋《こい》人《びと》にしたいのかというと、それは違《ちが》うんじゃないかと思ってしまう。

「……煮《に》え切《き》らないですね」

「うっ」

クラリーベルに切り捨てられ、ニーナは言葉を失ってしまった。

「というか、恋愛事《れんあいごと》にかけての精神年齢《ねんれい》がとてつもなく低いのか、あるいはレイフォンさんと同等かそれ以上に鈍感《どんかん》なのでしょうね」

「あ、う、あ……」

そんなことはないと言いたいが、反論できる要素がどこにもないのが自分でもわかってしまっただけになにも言えない。

「それならばそれで。申し訳ないですが、あなたの恋愛精神が幼児《ようじ》から大人になるのを待つ時間も惜《お》しいですし」

「いや、しかし……レイフォンには他《ほか》に」

「そうですね。しかし他の方々はご自分の気持ちを自覚なさっているわけですし、それなら競争《きようそう》相手としての資格は十分にあると思いますので、あまり気にする必要はないと思いますが？」

「う、む……そうか、そうだな」

「恋は戦争ですのよ。油断なんてしていたら本当に欲《ほ》しいものはあっという間に手が届かないところに行ってしまいます」

「ふっふう〜。そうとなったら明日から……ぐふっ、ぐへっぐへへ……」

「お、おい……？」

「なにしろ、二人がかりとはいえ一応は勝ちましたからね。自分の中だけとはいえ決め事は決め事です。ふふ、ふふふ……ふふふふふふふふふふふ」

そういえば以前、勝ったら告白すると言っていた。

暗闇《くらやみ》の中でクラリーベルの表情がどんどん崩壊《ほうかい》していくのを薄気味《うすきみ》悪《わる》く見守りながら、ニーナは改めて思う。

（やはり、わからない）

心が軋《きし》むのは本当だ。

だがそれは、そういう動きが彼の環境《かんきょう》を変えるだろうこと、つまりは彼もまた変わるだろうことに抵抗《ていこう》を感じるからだ。

武芸のことはともかくとして、普段《ふだん》はぼんやりとして頼《たよ》りないレイフォンのあの空気感が、ただ一人の女性の手によって変化するかもしれない。

（変わることが嫌《いや》なんだな）

自分の周りが変化していくのが嫌なんだ。

「……それは、無理《むり》な願いだな」

ここは学園都市だ。みんな、変わりたくてここに来ている。変わらなくていいのなら危険を冒《おか》して学園都市に来る必要などない。変化はこの学園都市にとって当たり前のことなのだ。

「……なんです？」

「無理な願いだ」

「……いや」

無理な願いをいつまでも抱《かか》えていてもしかたがない。

「……わたし、思うのですけど」

「なんだ？」

「ニーナさんはナルシストの気《け》があるのだと思います」

「なっ！」

「自分を哀《かな》しい存在だと思って、それが楽しくなってません？」

「そんな……ことは」

「いいですけどね。それであなたが本領《ほんりょう》を出せるなら」

「いや、だから……」

「まぁいいじゃないですか。自分の心の嫌な面も、それはそれで役に立っているはずですよ。必要悪とかいうあれです」

「わ、わたしはそんなものじゃないぞ！」

「……そんなことより、空気の感じがおかしくないですか？」

奇妙《きみょう》な指摘《してき》をされて慌《あわ》てるニーナに、クラリーベルはひどく冷静だ。

「いやだから……なに？」

クラリーベルの表情が違う。崩《くず》れても砕《くだ》けてもいない。

戦場の顔だ。

「……なんだ？」

自然と体が戦闘態勢《せんとうたいせい》になる。腰掛《こしか》けから瞬時《しゅんじ》に立ち上がり、気配を探《さぐ》る。

空気が違う？

「……どういうことだ？」

確かになにかが違う。だが、その違いになにがあるのかわからない。

「この空気の違いには覚えがあります。グレンダンであいつらが出てきたとき」

「狼面衆《ろうめんしゅう》……!?」

「しかし、あの連中はもう……」

以前のグレンダンでの騒動《そうどう》で全滅《ぜんめつ》したと聞いている。

「それなら……」

これはなんだ？

なにが起こっているのか？

それを考える余裕《よゆう》はなく、突如《とつじょ》として始まった変化は急激《きゅうげき》に進行していく。

「っ！」

暗がりに埋没《まいぼつ》していた控《ひか》え室《しつ》の光景が消えていく。クラリーベルとニーナを残し、別のものへとすり替《か》わっていく。

真《ま》っ暗《くら》で真っ黒な、なにもない空間へと変貌《へんぼう》していく。

そして、一つの光を放つなにかが。

そしてさらに……

「あなたは……」

「最後の錬磨《れんま》は終わったか？」

ニーナの前に、大祖父《おおそふ》が立っていた。

†

ジルドレイド・アントークがそこに立っていた。

腕《うで》を組み、ニーナを見下ろしていた。

さらにその背後には暗闇《くらやみ》の中で光を放ち、電子精霊《でんしせいれい》シュナイバルがいた。

「ここは……縁《えん》、か」

電子精霊同士の情報共有空間。

以前にもここに来たことがある。

「へぇ、ここが」

隣《となり》のクラリーベルは初めてのはずだ。興味深《きょうみぶか》そうに呟《つぶや》き、視線のみを左右に向ける。

「……それで、この人が噂《うわさ》の大祖父《おおおじい》さまですか？」

「グレンダンの姫《ひめ》か」

クラリーベルの言葉に、ジルドレイドが口を開いた。

「はじめまして。電子精霊の聖地《せいち》、仙鶯《せんおう》都市シュナイバルの電子精霊とその守護者《しゅごしゃ》さま。わたしの名はクラリーベル。クラリーベル・ロンスマイア。グレンダン三王家、ロンスマイア家の子です。立場がどうなっているかは家出したのでわかりませんが」

「ジルドレイド・アントークだ」

動じないクラリーベルに苦笑《くしょう》を滲《にじ》ませ、ジルドレイドが応じる。

「どうも。それで、なんの御用《ごよう》でしょうか？」

事態の急変に混乱と警戒《けいかい》で言葉がうまく出ないニーナに代わり、クラリーベルが問いかける。

「すまないがグレンダンの姫《ひめ》に用はない。うちの一族の話でな」

「なるほど」

「退いてくれるかな」

「お断《ことわ》りします」

笑《え》みを浮《う》かべて放たれた返答にジルドレイドは滲ませていた苦笑を凍《こお》らせた。

「なんだと？」

「身内事の話とはいえ、そこに挙《あ》がる議題は他人事《ひとごと》ではないでしょうから。ましてニーナさんの処遇《しょぐう》をどうにかしようというのであれば、その問題はわたしやツェルニにも関《かか》わってきます」

ジルドレイドの放つ威圧《いあつ》に屈《くっ》することなく、クラリーベルは滑《なめ》らかに言葉を紡《つむ》いでいく。

「……なにしろ、ツェルニを世界の敵《てき》と断じたのはそちらにいらっしゃるシュナイバルという話ですし」

「ふむ、なるほどな」

ジルドレイドが考える様子を見せ、ニーナは空白が生まれたことに気付いた。クラリーベルの肩《かた》を摑《つか》み、引き寄せる。

「……よく、すぐに馴染《なじ》めるな」

ニーナにはとうていできない真似《まね》だ。

「虚勢《きょせい》ですよ。そんなの決まってるじゃないですか」

小声での返答に目を丸くする。

「でもまぁ、うちの陛下《へいか》よりは怖《こわ》くないですよ」

クラリーベルは片目を閉《と》じて笑った。

「なんの用か知りませんが、あちらはあなたが欲《ほ》しいのではないですか、もしかして」

「無人都市でも、帰ってこいというようなことを言われた」

「それなら、本当にニーナさんに戻《もど》ってきて欲しいのでしょうね。単純に考えても戦力として。その奥《おく》にさらになにかあるのかどうかは、わかりませんが」

「むう」

ニーナにだってわからない。

自分の故郷《こきょう》に電子精霊が生まれる地という特殊性《とくしゅせい》があることは以前から知っていたが、

「クララ」

それ以上のことはなにも知らなかった。それが状況《じょうきょう》の変化に合わせて秘密《ひみつ》のベールを一気に剝《は》いでニーナの眼前《がんぜん》に晒《さら》そうとしているように思える。

変化が急すぎてニーナの理解が追いついていない。

なにしろ、控え室からいきなりこんな場所だ。

「わたしとしては後ろの電子精霊がいまだに黙《だま》っているのが気になりますが」

「そちらの話はそろそろ切り上げてもらおうか」

クラリーベルの視線を追おうとしたところでジルドレイドの言葉が差し込まれた。

「この際だ、姫の同席はよかろう」

「それはどうも」

「……それで、大祖父さま、なんの御用《ごよう》ですか？」

「力任《ちからまか》せでもかまわぬと思うのだがな。シュナイバルが異《い》を唱《とな》えた」

身構えるニーナに、ジルドレイドは腕を組んだ姿勢のままそう言う。

「え？」

シュナイバルを見る。老人の背後に変わらずいる電子精霊は沈黙《ちんもく》したままだ。

老人の組んでいた手が解《ほど》ける。

ニーナに手が伸《の》ばされる。

「帰ってこい、ニーナ。電子精霊と融合《ゆうごう》した肉体を持ち、廃貴族《はいきぞく》を従える精神を育てたお前は、もはやただの武芸者《ぶげいしゃ》ではない。仙鶯都市の考える最強の武芸者、そうなり得る可能性を持つ者となった」

ジルドレイドの声は厳《きび》しく、重く響《ひび》く。

そして、ニーナを褒《ほ》めていた。

伸ばされた手がよりはっきりとニーナの目に映る。

「来たる刻《とき》に対する最後の備《そな》えがここにある」

ジルドレイドの言葉が、なぜかニーナを震《ふる》わせる。ツェルニで感じていた誰《だれ》の協力も仰《あお》げないという寂《さび》しさがここにきて癒《いや》されていくような、そんな感触《かんしょく》で、震えるのを止められない。

しかし……

「……ツェルニはどうなります？」

ヴァティ・レンを受け入れたツェルニを世界の敵《てき》と呼んだのはシュナイバルであり、そしてジルドレイドは滅《ほろ》ぼしに来た。ニーナが離《はな》れたとたんに攻勢《こうせい》をかけてくるということも考えられる。

「監視《かんし》は続ける。アレが動き出したときには戦場となる」

「それは……」

「ではどこで戦う？　アレが戦場を決めさせてくれるのか？」

「……くっ」

「事の是非《ぜひ》がどうであれ、アレがあそこにいる事実は変わらず。危険なものであるということも変わらない」

「……あの者たちが望む自由を手に入れるには、この世界は滅《ほろ》びなければならない。どうあっても妾《わらわ》たちは敵対《てきたい》するしかないのです」

シュナイバルが口を開いた。

「自由……？」

「この世界は人造のもの。目的があって作られ、そして妾たち電子精霊によって維持《いじ》されてきた」

「人造……だって？」

シュナイバルの口から語られる言葉には驚《おどろ》きが多分に含《ふく》まれている。しかし電子精霊はこちらの驚きを無視して語っていく。

「アレらとの衝突《しょうとつ》はこの世界が誕生《たんじょう》したときから不可避《ふかひ》のもの。しかしその運命を、始祖《しそ》の都市に集《つど》う純血の武芸者たちにだけ任せるつもりはない。被造物《ひぞうぶつ》とはいえ妾たちにもこの世界の維持者《いじしゃ》としての誇《ほこ》りがある。妾たちの導《みちび》く、最強の守護者をもってして、この危《き》難《なん》に立ち向かうべく動いておる」

「もしかして、それが……？」

「廃貴族、それも一つだ」

「そして電子精霊との融合《ゆうごう》」

ジルドレイドとシュナイバルが交互《こうご》に喋《しゃべ》る。

そして、大祖父が続ける。

「この世界と人類を維持するために存在する、意識と高い知性を持つ高エネルギー生命体、それが電子精霊だ。そのエネルギーを月の末である武芸者が取り込み、力とする。それが電子精霊たちが長い年月をかけて導き出した運命との戦い方であり、そして儂《わし》はそれを受けた」

「だから、大祖父さまはそれほどに長命なのですか？」

「儂の肉体はもはや半ば以上、電子精霊の電磁《でんじ》結束《けっそく》によって維持されている」

「それは、人を捨てるということでは？」

肉体のほとんどが電子精霊と同じということは、ニーナのよく知るツェルニのあの幼《おさな》い体を形成している雷《かみなり》の塊《かたまり》のような姿《すがた》と同じということだ。

肉体そのものはもはや地に足を付けておくための錘《おもり》でしかなく、呼吸も食事も睡眠《すいみん》も必要なく、セルニウム鉱石《こうせき》を溶《と》かした液体からエネルギーを吸収する。

それはもう、人間ではない。

そう言われてもジルドレイドの表情は揺《ゆ》るがなかった。

「お前にとって人とはなんだ？　生きている間になにかを為《な》す者のことか？　それとも自らの子を産み、育てる者か？」

「それは……」

「どちらが悪いという話ではない。優劣《ゆうれつ》を付ける話でもない。どちらも必要だ。そしてお前はどちらになる？　後者ならば話は簡単《かんたん》だ。だが、前者であるなら、なにを為す者となる気だ？」

「………」

いきなりの話だ。そして重い問いだ。答えなんてすぐに出せるわけがない。

だが、答えを出さないといけないのだ。

ここから先にあるのは尋常《じんじょう》ではない戦いなのだ。そして目の前の大祖父は、そのためにずっと前から、ニーナが生まれる前から、父や祖父が生まれるよりもずっと前からそのことに備《そな》え続けていたのだ。

そこに秘《ひ》められた覚悟《かくご》の重さはニーナなど相手にしていない。

ニーナが大祖父と同じ方向に向かうというのならば、問答無用で己《おのれ》の紡《つむ》ぎ出した巨大《きょだい》な潮流に巻き込み、取り込むことだろう。

「私は……」

「まだ時間はある。答えは急がん」

言うべき言葉が思いつかないまま開いた口は、ジルドレイドによって止められた。

「大祖父《おおおじい》さま……？」

「この間はまともに話す暇《ひま》もなかった。ゆえにこちらの考えをしっかりと伝える必要があると考え、この場を設《もう》けた」

ジルドレイドの声の響《ひび》きに、微《かす》かな歪《ゆが》みのようなものが混じっているような気がした。

大祖父の背後ではシュナイバルが沈黙《ちんもく》している。しかしその視線が大祖父の背中に突《つ》き刺《さ》さっているような気がしないでもない。

ニーナとジルドレイドの間には、違和感《いわかん》はわずかだ。

だが、ジルドレイドとシュナイバルの間には、ニーナが感じた違和がもっと濃密《のうみつ》に存在しているのではないか？

（なんだ、この空気感は？）

「シュナイバルとお前との縁《えん》を繋《つな》いでおく。使い方はお前の廃貴族がわかっているだろう。考えがまとまったら来るが良い」

「大祖父さま」

「では、今夜はこれでおしまいだ」

疑問の謎《なぞ》を解《と》く暇もない。ジルドレイドの一方的な宣言《せんげん》で、この一方的な会談は終了《しゅうりょう》した。

「……あ？」

「へぇ」

ニーナは思わず声を漏《も》らし、クラリーベルも感心した様子を見せる。

二人は野戦《やせん》グラウンドの外に立っていた。

「少しぐらいは気の付く方なのですね」

「……カバンは控《ひか》え室《しつ》にあるはずだが？」

二人ともその手にはなにも持っていない。

「……あ」

とりあえず、ニーナは部屋の鍵《かぎ》を制服のポケットに入れておいたから大丈夫《だいじょうぶ》なのだが。

「うう……」

どうやらクラリーベルはカバンに入っているようだ。

「とりあえず、今夜はうちで寝《ね》よう」

「……はい。お願いします」

「………なんだかとんでもない一日になったな」

そう呟《つぶや》き、ニーナはシャワーと共に流したはずの疲労《ひろう》が再びどっしりと体中に染《し》みついていることに気付いた。

†

ニーナたちが奇妙《きみよう》な体験をしていたその夜。

レイフォンは自分自身でも思うぐらい、『らしくない』場所にいた。

「あはははは！　かーわいー」

「や、やめてください」

「そんなこと言わないで、もっと顔をよく見せてよ」

頬《ほお》に手を当てて顔を近づけてくる見知らぬ女性に、レイフォンは腰砕《こしくだ》けに逃《に》げようとする。だが、その反対にも別の女性がいて、やはりレイフォンに顔を近づけようとしている。

つまりは挟《はさ》まれていて、逃げ場などない。

二人の女性が着ているものは短かったり大きく開いていたりして、見えたり見えなかったりと妖《あや》しい雰囲気《ふんいき》が満載《まんさい》で、レイフォンには刺激《しげき》が強すぎる。目のやり場がどこにもない。

照明は暗めに設定されていて、騒々《そうぞう》しい音楽が隣《となり》のテーブルの会話をかき乱す。自分の声も、自然と大きくなってしまう。

ツェルニの繁華街《はんかがい》の、本当にごく少数しかない、女性が同じテーブルで接待してくれて酒が飲める店にレイフォンはいた。

なぜかいた。

ごく少数しかないのは、そういう仕事をしたがる女性が少ないこと、飲酒が許可された年齢《ねんれい》が学生の半分以下であることなどのためであり、もちろんレイフォンがこういう場所にいること自体、校則違反《いはん》すれすれだ。

「ふうん、思ったより肌《はだ》がきれい」

「もっとゴツゴツしてると思ってたけど」

「あの……いや……」

両方からべたべたと触《さわ》られて、レイフォンは混乱と緊張《きんちょう》で身動きもできない。

「せ、先輩《せんぱい》……」

レイフォンはテーブルの向かい側にいる、この店に連れてきた張本人に助けを求めた。

「たまには砕《くだ》けちまえよ。お堅《かた》いばっかかもしんどいぜ？」

「そ、そういう問題ですか？」

シャーニッドだ。

とあることがあって部屋に帰るに帰れなくなっていたレイフォンは、ツェルニ中をうろうろとしていたところをシャーニッドに見つかり、そしてなぜか、こんな店に連れてこられてしまっていた。

女性に両方から寄りかかられ、顔や髪《かみ》を触られ、気がついたらシャツのボタンを外されようとしていたので慌《あわ》てて押《お》さえる、ということをしていたらシャーニッドに笑われた。

「ぱーっとするしかないだろ？　こういうときは」

「こういうときはって……」

シャーニッドにはまだなにも説明してない。

「明日《あした》あたりからお前の食糧事情《しょくりょうじじょう》が少し貧相《ひんそう》なことになるかもしれない……ってところじゃないのか？」

「うぐぅっ!!」

あまりにも正確な指摘《してき》に、レイフォンはあのときの緊張を思い出して胸を押さえた。

「まっ、仲良くしてた分、いろいろ辛《つら》いわな。だからパーッとやって忘れちまうのが一番なんだって」

「なにー？　もしかしてレイフォンくん、失恋《しつれん》したの？」

「えーうそ、もったいない」

「あ、いや、えっと……」

「そうそう、そういうことなんだよ。だから慰《なぐさ》めてやってくれよ」

「かわいそー、お姉さんが慰めてあげる」

「いっそこれからうちに来ちゃう？　来ちゃう？」

「え？　いや、わっ、わぁぁあっ！」

シャーニッドに煽《あお》られて、しなだれかかっていた女性たちが押《お》し倒《たお》さんばかりに体を寄せてくる。

シャツのボタンは遠慮《えんりよ》なしに外しにかかられ、さらにはズボンまでその毒牙《どくが》にかかろうとしている。

「うわっ、ちょっと！　やめて、くださいって！」

本気になれば一般人《いっぱんじん》の女性二人ぐらい簡単《かんたん》に押しのけられるのだが、一般人相手にそんなことはできない。しかも混乱してしまって力の加減がわからなくなりそうで、レイフォ

ンはもう為《な》すがままにされるしかない状態となっていた。

上着は脱《ぬ》がされ、シャツは前が開き、ズボンも半ばズリ下ろされてトランクスが姿を見せている。

ケラケラと笑うシャーニッドと妙《みょう》に興奮《こうふん》した様子の女性たち、そして店の騒《さわ》がしい音楽に暗い照明。

「ここまでっ!」

自分でもよくわからない声を上げると、自分でもよくわからない感覚で体を動かした。

「きゃっ!」

女性二人は、レイフォンからいきなり強い風が吹《ふ》いたように思っただろう。しかもその風は、強いながらも優《やさ》しく、突《つ》き飛《と》ばすようなものではなく体全体を持ち上げるように均《きん》等《とう》に力がかかり、簡単に言えば女性二人は一瞬《いっしゅん》だけふわりと浮《う》き上がった。

その隙間《すきま》から抜《ぬ》け出すようにレイフォンは脱出《だっしゅつ》する。速度はもちろん神速だ。遠慮《えんりょ》なしの武芸者としての移動が店内に刹那《せつな》の竜巻《たつまき》を呼び、悲鳴とガラスの割れる音がいくつか重なることになる。

「……なんかいま、新しいなにかを発見したような」

高速で店から逃げ出して飛び込んだ路地裏《ろじうら》で、ズボンを穿《は》き直しながら呟く。

「うん、いまの力加減は良かった。なにかに使えるかな？」

「こんなときでもそんなこと考えてんのか？」

呆《あき》れた声はもちろんシャーニッドだ。

「……先輩《せんぱい》、ちょっとわけがわからないです」

「気晴らしにはなっただろ？」

「気晴らしって……」

しかしたしかに、腹の中にあった重い物が少しは軽くなったような気はする。

「まっ、そう簡単になくなりゃしないだろうけどな」

「うっ」

「それで苦しむのも、青春だよなぁ」

「先輩、それならいまのは？」

「だから気晴らしだよ、気晴らし。一発でなくなるんならむしろ気晴らしなんかいらねぇよ」

「はぁ……」

うまくごまかされた気もする。

「まっ、少し話そうや。まだ帰りたくないだろ？」

「……できれば」

いまから帰っても出くわすことはないだろうが、そこにいると思うと緊張する。

罪悪感《ざいあくかん》がひしひしと骨身に染《し》みこんでくるに違《ちが》いない。

「んじゃ、静かなとこに行こうぜ。あそこはうるさすぎたわ」

「……いや、だから連れてきたの先輩………」

「だーかーらー気晴らしになっただろうが」

そんなことを言いながら、シャーニッドに案内されて路地裏の先にある空き地へと入った。

「汚《きたな》い……」

建物ができた際に偶然《ぐうぜん》できあがってしまったような空白地帯だ。いまは誰《だれ》もいないが、たまに誰かがたむろしているのだろう。ゴミがそこら中に転がっているし、すえたにおいが張り付いてもいる。

「間違《まちが》っても鼻に力入れるなよ、曲がるぜ」

力を入れるというのは、もちろん活剄《かっけい》で感覚を強化するということだ。

シャーニッドは笑いながらそう言うと、レイフォンに缶《かん》のジュースを投げて寄こした。

途中《とちゅう》で自販機《じはんき》の前で立ち止まったりはしていないから、さきほどの店からくすねてきたのかもしれない。

「そういや、どっちからなわけ？」

「え？」

「いや、お前の顔見てなんとなく予想はできてんだけどよ。誤解《ごかい》してたらいけないからちゃんと聞いとこうってな。……どっちが告白したんだ」

「…………」

「あー、やっぱお前じゃないな。ていうことはメイシェンちゃんの方からか？　まぁ、どっちにしたって驚《おどろ》きだわ」

「あの、先輩、もしかして……」

「あん？」

「もしかして、気付いていました？」

メイシェンの気持ちに、だ。

「気付いてないのはお前さんとニーナぐらいじゃないか？　いや、ニーナもあやしいな」

「うっ」

「まっ、これでお前さんが恋愛《れんあい》の達人《たつじん》でもあったりしたら友達なんてできねぇだろうな。だからそれでいいんだよ」

「……慰《なぐさ》められてもあんまりうれしくないです」

みんなが気付いていたものに自分だけが気付いていなかった。

そのせいでメイシェンを傷《きず》つけてしまった。

「そこは気にする必要はないだろ」

「でも……」

「たとえばよ、お前さんが誰かを好きでさ。それを相手がずっと知ってたとしてよ。でもなんにも言ってくれなくてっていうのは嬉《うれ》しいか？」

「…………」

「しかも勇気を出して告白したら振《ふ》られるんだよ。どうせ振るんならこっちが告白する前にそれとなく気のない振りでもしといてくれよと恨《うら》み言《ごと》を言いたくならないか？」

「うう……」

そう言われると、さらに胃が痛くなる。これまでのメイシェンの好意を、全《すべ》て友人からの善意だと勘違《かんちが》いして受け取っていた自分が恥《は》ずかしくなり、そして申し訳なくなってしまう。

そんなレイフォンの背中をシャーニッドが痛いぐらいに叩《たた》く。

「だから、気付かなくてもいいんだよ。こういうのは振った方も振られた方も悪くねぇの」

「……はい」

シャーニッドの言うことは正しいとは思うのだが、メイシェンを傷つけたという事実は、レイフォンには重い。

「自分が好きだって言ったことを、それが受けられないからって相手がいつまでもくよくよしてて、お前嬉しいか？」

「……たぶん、嬉しくないです」

「ならくよくよしてんじゃねぇよ」

「はぁ……」

シャーニッドの言うことは理解できる。

だが、そう簡単に気持ちの切《き》り替《か》えができるわけでもない。

メイシェンに好きだと言われてしまった。それは、期待に応《こた》えられないという以上に、レイフォンにとって重い出来事だった。

シャーニッドの言葉も止まっていた。彼から聞ける助言もあれで終わりということなら、ここにいる理由もない。なにより、こういう場所は落ち着かない。路地裏の不穏《ふおん》な空気が、というよりも夜の盛《さか》り場《ば》の空気そのものが好きになれない。

「さて、んじゃぁちょいと別の話をするか」

部屋に戻《もど》る気にはなれないけれどここに長くいたいわけでもない。どう言葉を切り出すかと考えていたら、シャーニッドがそう言った。

「今日の実戦訓練のことだけどよ」

「え？　はい」

いきなりの話題転換《てんかん》、しかも野戦グラウンドのことということに緊張《きんちょう》する。

「ニーナがなにやってるか、お前さんは知ってるのか？」

「……いえ」

なにかが起きていることはわかっている。だけれど、それがなにかをニーナからは聞かされていない。

話せないのなら自分で調べて自分で食いついていく。そう決めて、無人都市でその覚悟《かくご》をニーナに話したけれど、やはり彼女はなにも教えてはくれなかった。「勘違《かんちが》いだ」とか「気のせいだ」とも言われなかったから、隠《かく》し事《ごと》があるのは事実なのだ。

なにより無人都市で出会ったジルドレイドのこともある。

知らない……というのは厳密《げんみつ》には違うのかもしれない。

だが、シャーニッドが予測しているだろうこととそれほど違いはないだろうとも思っている。

「その態度だとなにか隠してるのは気付いてんだな。てか、でないと今日みたいな訓練に付き合うわけないか？」

「…………」

追いつめられる感触《かんしょく》にレイフォンはなにも言えなくなる。

「別にお前を責めたいわけじゃねぇよ。てか、あいもかわらずあいつが抱《かか》え込《こ》んじまう性《しょう》分《ぶん》だってだけだろ？」

「ええ」

「言えない理由ってのがあるんだろうけどさ。どうせな。この間みたいなハッタリかまされてる可能性もあるだろうが」

「……先輩《せんぱい》は、どう考えてるんですか？」

「んあ？」

「これから……」

「それなんだよな。ったくよ」

シャーニッドは飲み干した缶を忌々《いまいま》しげに放《ほう》り投げる。夜の路地裏の空き地で缶は舞《ま》い、落下するかと思ったところで高い音を立てて再び舞い上がる。

見れば、シャーニッドが指を弾《はじ》いて極小の衝剄《しょうけい》を放っている。それが宙の缶を弾いているのだ。

「あいつがガチで、しかもクララと組んでよ。お前に勝つぐらいの実力を付けなくちゃいけないような敵《てき》が本当にいるんだとしたら。もうおれの出番なんてどこにもありゃしねぇんじゃねぇか?」

カン、カン、カン……

缶を落とさないように衝剄を飛ばしながら、シャーニッドは話す。

「それ、は……」

その通りだ。だが、レイフォンはその言葉を言えなかった。

無人都市での戦いを振り返ればはっきりとしている。ニーナが戦っている巨人《きよじん》は、ジルドレイドとも敵対していた様子だった。

それなら、あの巨人こそがニーナたちが敵対しているものの一部なのだろう。

ニーナが戦っている姿を見て巨人の強さはわかった。あれは、老生体に近い戦闘能力《せんとうのうりよく》を持っている。

ああいうものを簡単に派遣《はけん》できる存在が敵なのだとしたら、シャーニッドに助力を求める場面があるのか、どうか。

おそらくは、ない。

だが、それをシャーニッドに言うことができない。

なにも言えないレイフォンに、シャーニッドが自己完結の呟《つぶや》きを漏《も》らす。

「まっ、そうだろうな」

缶はまだ落ちてこない。目を離《はな》しているというのに衝剄は外れもしない。

一年前と比べればシャーニッドだって実力を上げていると思う。殺剄《さっけい》にしても射撃《しゃげき》の技《ぎ》倆《りょう》にしても、剄の奔《はし》らせ方にしても、間違いなく上達している。

それでも追いつかない。

あの巨人との戦いを前提に考えても、シャーニッドという戦力の使い方が思いつかない。銃《じゅう》はその性能によって威力《いりょく》が制限される。だが、威力を上げればそれを放つのに必要な剄の量が上がる。いまのシャーニッドならば多少、銃の威力を上げてもいままでどおりに活躍《かつやく》できるだろうが、しかしその程度の威力では追いつかない。

グレンダンに潜入《せんにゅう》したときに見せた、特殊《とくしゅ》な剄息《けいそく》による剄力の増加法を知っているようだが、しかしそれとて時間が限定されている様子だ。

不可能ではない。だがその戦い方は射撃という戦闘法《せんとうほう》以上に限定された条件でしか有効ではないかもしれない。

それが、レイフォンの導《みちび》き出した結論だ。

「……非常に危険《きけん》かと」

そう言うのが、ひどく苦痛だった。

どうしたのだろう。こと武芸《ぶげい》に関しては、人が変わったとさえ言われるほど冷静で客観的な意見が言えているつもりだった。そうしていた自分を恥《は》ずかしいと思ったのがついさっきの話だったにしても、だからといっていまこの瞬間《しゅんかん》にいきなり、その通りに言えないというのはどういうことなのか？

「……どうしたもんかな」

カン、カン、カン……

缶を浮《う》かせ続けたまま、シャーニッドは呟く。

「別によ、こうなっちまったらお前さんの判断も、なによりニーナがどうしたいかさえもうどうでもいいっちゃ、いいんだよな」

「………………」

「おれがどうしたいか、なんだよ。結局はよ」

レイフォンだってそうだ。ニーナがなにかを隠《かく》し、なにかを行っていると思って行動していた。実際にはただ訓練を重ねていただけで、デルボネの遺産《いさん》を解析《かいせき》する準備を進めていたフェリに比べればたいしたことはしていないけれど、ずっと、ニーナが隠している秘密《ひみつ》に触《ふ》れられる機会を窺《うかが》っていた。

そして、この間の無人都市の一件で触れることができた。

秘密が存在するという確信を得た。

どこまでも食いついていくと決めた。

だけどそれはレイフォンと、付いてきてくれると言ったフェリだけの覚悟《かくご》だ。

シャーニッドは関係ない。

しかし、関係ないと言いきるのは、いままでの一年間を無視しすぎている。はっきりと言えば情《じょう》がない。

ならばなぜ言わなかったのか……？

ニーナの理由とレイフォンの理由は違《ちが》う。違うはずだ。

では、レイフォンは？

「先輩の……」

「おっと、余計なことを言うなよ？　言ったろ？　おれが決めることだってよ。この命はおれのもんだ。死なれて迷惑《めいわく》だと思うなら、おれを無視して勝手に覚悟してる連中だって同じことだろう？　そういうことだ」

「…………」

「お前さんがどういう判断でおれに声をかけてないかなんて考えたくもない。それならそれで、こっちも勝手に決めて勝手に動くだけだ。迷惑だと思うならまとめてくれよ。それができないならほっとけ。な？」

「……僕《ぼく》だって、なにをどうすればいいのかなんて、わかりませんよ」

「まっ、だろうな。どうせニーナにだってわかっちゃいないんだ。なにか起こるから強くなってどうにかしようってことだろう？　そのためにクララと組んでんだ。グレンダンとなんか因縁《いんねん》とかもあるんだろうけどな」

シャーニッドの言葉は淡々《たんたん》としている。だが、その奥《おく》になにかが潜《ひそ》んでいて、それがレイフォンを息苦しくさせる。

それはたぶん、怒《いか》りだ。いつもどおりの飄々《ひょうひょう》とした顔のまま、シャーニッドは怒《おこ》っている。秘密にしているニーナにか？　追いかけるレイフォンが声をかけなかったからか？　その両方か。

カン、カン、カン……

音は続く。

「困っちまうのは周りの判断におれ自身が納得《なっとく》しちまってることなんだよな」

「先輩、それは……」

「たぶん、おれごときじゃ出番なんてない。そう思っちまってる。冷静な判断？　本当にそうか？　実は挫《くじ》けちまってるんじゃねぇのか？　この間の戦いでよ。隠し球《だま》があるからって調子に乗っちまったが、そいつもそれほど使えねぇってことがわかったからよ」

シャーニッドの呟きは、レイフォンの言葉を必要としていなかった。

「頼《たよ》りにならねぇ先輩だ、おれはよ」

パンっ！

缶《かん》が破裂《はれつ》する音が寒々しく空気を震《ふる》わせる。

震える空気の名前は無力感だ。

シャーニッドから滲《にじ》み出るものが胸を衝《つ》く。

「……そんなことないですよ」

思わず、呟いていた。

「先輩が頼りにならないとか、そんなことはないです」

「だがよ、事実だろ？」

「いまがだめならそれで終わりということは絶対ないですよ」

なぜ胸を衝く？　同情しているからではない。絶対に違う。

「先輩に強制することはできないけど、でも、そうしたいのなら、できることは絶対にあるはずです」

それは慰《なぐさ》めの言葉ではない。

レイフォン自身がそう信じている。

グレンダンでリーリンに突き放された。

そしてニーナにはなにも語られない。

その二つはきっと繋《つな》がっているはずで、そしてジルドレイドには関《かか》わりのないことと断じられてしまった。

リーリンとニーナ、二人の視線の先にあるものにレイフォンは近づくことができないと言われてしまったのだ。

それでも、レイフォンは諦《あきら》めない。流されるままに生きてきた結果がいまの状態なのだとしたら、もう他人の決めつけに従って生きていくわけにはいかない。

「他人に決めつけられても、自分にはやりたいことがあるなら、それをやればいいんじゃないですか」

もうこうなったら誰《だれ》がどうかなんて関係ない。

自分で動くしかない。

「導いてくれる人はいないんですから」

「そうだな、そうなんだろうな」

長いため息を吐《つ》いて、シャーニッドはそう呟いた。

「なんか愚痴《ぐち》を聞かせちまったな」

「いいですよ。それぐらい」

「……ありがとよ」

立ち上がったシャーニッドの言葉が本当に驚《おどろ》きで、レイフォンは目を見開いた。

「あ、そうだ」

「え？」

「ちゃんと帰って寝《ね》ろよ？」

「う……わ、わかってますよ」

せっかく忘れていたことを思い出されて、顔をしかめる。シャーニッドはそれを見て笑い、そして先に行ってしまった。

「……はぁ、ほんと、帰りづらいな」

すっきりしたような、まだ気が重いような、不可思議な気分でレイフォンも歩き始める。

どうであれ、もう前に進むしかないのだから。

†

こうなる可能性は五分《ごぶ》だと予想していた。

だが、五分という判断は、実はなにもわかっていないに等しいのではないかとも考える。特にやり直しの利《き》かないこのような状況《じょうきょう》では成功、あるいは失敗しか存在しない。どんな可能性も結果という現実の前に無意味と化す。一万回の試行の末に成功と失敗が同数になったということはできないのだから、確率《かくりつ》や可能性はこの際、用なしの存在だ。

だがそれでも、彼女を選んだ理由は成功確率が五分だと判断したからだ。

「つまり、私はどちらの結果を見たいのかが決まっていなかった、ということなのでしょうか?」

自問する。だがおそらくはそうなのだ。機械として生まれた己《おのれ》の中に発生した曖昧《あいまい》な存在を解析《かいせき》するために、あえて曖昧な存在を比較《ひかく》対象として観察を続けた。学園都市に存在する数多《あまた》の男女を観察、分析し、その上でこの二人に目を付けた。

家族と幼《おさな》なじみ二人だけという、非常に狭《せま》い対人関係の中に閉《と》じこもっていた少女と、過去の失敗から生きる目的を消失し、視野狭窄《しやきょうさく》の傾向《けいこう》を見せる少年。

少女の少年への一方通行の想《おも》いに、少年の狭い視野では気付くことができない。

しかし、少年が自分自身、気付かぬままに求めているものに気付くことができたならば、少女の想いは成就《じょうじゅ》する可能性があった。

それは、事前の調査でも、そして事後の調査でもはっきりとしている。決して、叶《かな》うことのない恋《こい》ではなかった。

しかし、叶うことはなかった。

原因はなにか？

少年の対人的な感性は明確だった。ならばもっと早い段階で己の意思を明示し、急激《きゅうげき》な変化ではなく、水が染《し》みこむような緩《ゆる》やかな変化を起こすことができていれば、あるいは成功していたのかもしれない。

しかし、もう遅《おそ》い。なにが彼女に決断を促《うなが》したのかは不明だが、彼女は行動し、結果を求めた。

これで終わったのだろう。

メイシェンはそう思っているはずで、彼女の部屋を満たしているこの振動《しんどう》がその証拠《しょうこ》だ。

「……ですが、私の調査が終わったわけではありません」

むしろ、これから始まる。

「さあ、見せてください」

ヴァティは呟《つぶや》く。自分一人しかいない部屋で、見えるはずのないメイシェンの部屋を観察しながら呟く。

ベッドで泣《な》き崩《くず》れるメイシェンを観察する。

「その先を」

それがいつになるのかわからない。彼女の辿《たど》り着《つ》く先がヴァティの望むものであろうとなかろうと、それによってこのイレギュラーな任務は終了《しゅうりょう》し、本来の進行表に従うことになる。

「全《すべ》てが終わるのなら、意味がないのかもしれないけれど……」

だが、意味を見出《みいだ》そうとすれば全てに意味がないことになる。この世界は終わるのであり、そしてヴァティの望むものは……

「……いいでしょう。しょせんは機械がすること。意味があるかどうかは作り手の価値観次第《しだい》」

ならばいまの自分さえも、作り手の望みどおりだということではないのか。

月に封《ふう》じられたイグナシスではなく、ヴァティを、ナノセルロイド・マザーI・レヴァンティンを作った本人が望んだ機能なのかもしれない。

あるいはヴァティが自ら獲得《かくとく》した機能なのか？

曖昧な、人の心を知りたいと。

この姿《すがた》で生まれたということがそうであるように、より人に近づこうとしているのかもしれない。

いや、そうなのだ。

「……しかし、なれはしない。なれたとしても」

癖《くせ》として定着してしまった独り言を止《や》め、ヴァティは言葉を飲み込む。

呟きの先にやはり意味はない。

しかしそれでも、その意味のないものをヴァティは求めてしまうのだ。

03　夏の夜の猫《ねこ》

グレンダンでは「暑い」という言葉が人の口から出てくるようになった。

日差しはそれほど強くはないが、湿気《しっけ》がこもる。外側から流入する大気を濾過《ろか》するエアフィルターはその特性上、内部の大気を外へと吐《は》き出すには向いていないためだ。換気《かんき》のパイプが都市の下部へと延びて、湿気と熱を放出しているのだが、しかしそれも夏期帯の飽和《ほうわ》気味の湿度《しつど》の前では機能を完全に果たしているとは言い難《がた》い状態となる。

つまり、蒸《む》す。

「あ〜暑いわ〜」

開け放した窓から流れ込んでくる風も湿気を吹《ふ》き散《ち》らしてはくれない。夜だというのに体を撫《な》でる空気が粘《ねば》ついているようにさえ感じ、汗《あせ》を促《うなが》す。

……が、この声は部屋の主《あるじ》のものではない。

「……なんでいるんですか？」

勉強に専念していたリーリンはペンを置くと、イスを回して背後を見た。

そこにはソファでだらけたアルシェイラの姿《すがた》がある。

ここはユートノール家のリーリンの私室だ。孤児院《こじいん》育ちのリーリンにはもてあましてしまうような広い部屋で、リーリンは一人、勉強をしていた。

……はずなのに、いつのまにかアルシェイラがいる。

きっと、家人に断《ことわ》りなどしていないだろう。叔父《おじ》でありこの家の主であるミンスの苦々《にがにが》しい顔が脳裏《のうり》に浮《う》かんできた。

しかしこちらの考えなどまるで無視で、女王はいつもどおりに自由だ。

「ねぇ、なんで空調付けてないの？」

ソファの上でだらだらとしたアルシェイラは手で胸元《むなもと》に風を送りながら訴《うった》えかけてくる。

空調のスイッチはリーリンの側《そば》にある。

「もったいないからです。こんな広い部屋にわたし一人だけのために空調だなんて」

「もう、リーリンってば倹約家《けんやくか》さん。そこら辺は王族っぽく優雅《ゆうが》にしてればいいじゃない。上が遊ばないと下も遊べないよん？」

「それは陛下《へいか》がしていればいいことで、貧乏《びんぼう》王家であるユートノール家がすることではありません。というか、人に見られないところは陛下だって倹約すべきです」

「そこに空調費もはいるの？」

「そうです」

「まっ、わたし王宮住まいだから実家の空調費なんてほとんどかかってないけどね」

王宮は働いている人も多く、そして様々な要件でやってくる人々もこれまた多い。空調を入れないわけにはいかない場所だ。

「……それで、なんでいるんですか？」

話を元に戻《もど》し、リーリンは再び尋《たず》ねた。

「ううーん？　暇《ひま》だから？」

「……陛下？」

「あ、やっ、違《ちが》うよ！　あれよあれ、なんていうの？　あるじゃない！　忙《いそが》しいんだけどなんかちょっと時間ができちゃったっていうか考えがまとまらないっていうか。ちょっとお茶しましょって感じのもてあましちゃう感じ」

こちらの呆《あき》れた視線にアルシェイラが慌《あわ》てたので、リーリンはため息で追い打ちをかけた。

「都市の再建はあらかた終わりましたけど、減少した備蓄《びちくし》資源《げん》の問題が残っているんですからね」

「はーいはい、わかってますよーっだ」

「……まぁ、鉱山《こうざん》に行かないかぎり他《ほか》の資源の回収もできないわけですけど」

「そうよそうよ、全部グレンダンがちゃんと鉱山に行かないから悪いんであって、あいつがちゃんと鉱山に行ったらわたしのこの忙しさは半減するのですよ、わかって！」

「わたしに言われても困りますし。……グレンダンって陛下の廃貴族《はいきぞく》なのでは？」

話がそちらに流れたので、以前から少し疑問に思っていたことを尋《たず》ねる。

「う－ん……わたしの廃貴族っていうか、この都市ってそもそもサヤのもので、あれは都市をなくしてさまよってたのをサヤが引き取って都市機能の代行を任《まか》されてるみたいなのよね」

「はぁ……」

サヤというのはこの世界そのものを創造し、さらに自律型移動都市の原型でもある存在だ。厳密《げんみつ》には彼女は電子精霊《でんしせいれい》ではない。原型であるこの都市を模倣《もほう》して自律型移動都市は生まれ、それを管理する存在として作られたのが電子精霊だ。

「だから、この間の、ツェルニの女の子みたいにびっちりわたしに取《と》り憑《つ》いてるわけじゃないのよ」

ツェルニの女の子というのは、ニーナのことだ。

その表現もどうかと思うが言いたいことはわかったと思う。

「グレンダンの本来の役割は、サヤの代行なのだとして、ではどうして陛下の手助けを？」

「手助けっていうか、まぁ、この間のみたいなのでもない限り用はないけど、ほら、わたしの勁力《けいりょく》ってあれだから天剣《てんけん》でもちょっとやばいのよね」

「受けきれないんですか？」

「ん〜本気で試《ため》したことはないけどたぶん無理《むり》かな。だから全力を出すときは基本使い捨てなのよ。でも、まさか天剣使い捨てるわけにはいかないじゃない？」

「ええ、それはそうですけど」

「だから、グレンダンに擬似《ぎじ》的な天剣っていうか、天剣っぽいものを作ってもらって、それを使い捨ててるわけ」

「なるほど、そうだったんですか」

あのとき、グレンダンの作り出した槍《やり》を手に持ち、それを投じるアルシェイラの姿は印象的だった。

「なになに？　わたしに興味津々《きょうみしんしん》なの？」

「そういうわけではないんですけど」

「ひどっ！」

ノックの音が響《ひび》き、リーリンが返事をするとエルディンが顔を覗《のぞ》かせた。

「殿下《でんか》、ティーセットの補充《ほじゅう》を持って参りま……」

そこで言葉が止まり、アルシェイラの存在に気付いて顔を引きつらせる。

「……ふむ、仰《の》け反《ぞ》らなくなっただけマシかな？」

アルシェイラが意地悪く言う。以前も同じようなことがあり、そのときは手にしていたものを投げ散らかして驚《おどろ》いていた。

「へ、陛下……」

「しかし君、もはや護衛《ごえい》というよりはリーリンの召使《めしつか》いだね」

「はぁ……自分でもそう思わないでもないです」

もとより気の弱い顔をしたエルディンがさらに困った顔をすると、もはや武芸者《ぶげいしゃ》とはとうてい思えない。

「……ふむ？　なんならこのままリーリン専属《せんぞく》の侍従《じじゅう》にでもなる？」

「え？　ええ!?」

「陛下、失礼ですよ」

仰け反るエルディンにリーリンは女王をたしなめる。

「そう？　武官侍従みたいな感じでいいじゃない」

「そういう問題では……」

動じない女王はエルディンから視線を離《はな》さない。そのまま質問を重ねる。

「君はどう思ってるの？」

「え？　あ……」

「正式にリーリンの侍従になりたい？　なりたくない？」

「エルディン、陛下だからって遠慮《えんりょ》しなくてもいいからね」

「どうして？　いいじゃない姫様《ひめさま》を守るお仕事。燃える状況《じょうきょう》じゃない？」

「なに言ってるんですか」

「あ、僕《ぼく》……いえっ、私は殿下の侍従でもかまいません。ぜひとも希望いたします！」

姿勢を正してそう言ったエルディンに、リーリンは驚《おどろ》き、アルシェイラはニヤニヤと笑う。

「ほーら、決まり」

「エルディン……」

女王に乗せられた感があるエルディンにリーリンは頭を抱《かか》える。

「なんだ騒《さわ》がしい」

そこに、ミンスがやってきた。

「やっ」

「…………親族とはいえ他人の家に勝手に上がるのは感心しませんね」

臆《おく》することなく気軽に手をあげるアルシェイラに、ミンスは苦《にが》い顔を浮《う》かべる。

「まっ、いいじゃない？　これでまた一つ、警備《けいび》に穴《あな》があることがわかったんだから」

「……あなたが抜《ぬ》けられる穴を誰《だれ》が抜けてこられると言うのですか？」

「とりあえず十人ぐらいは名前を挙《あ》げられるんでない？」

「彼らが裏切るのでしたら、それはリーリンではなく陛下の人望のなさゆえですね」

「ひどいっ！　ミンスがいじめる！」

「この状況が、すでに下々の者への王者の嫌《いや》がらせですがね」

ミンスの返答をリーリンは勉強になるなぁと聞き入ってしまう。

だが、ミンスがどれだけ言おうとも結局はアルシェイラのペースにみんなが巻き込まれていき、ドタバタとした様子となり賑《にぎ》やかに時間が過ぎていくことになる。

ユートノール家の侍女長《じじよちよう》が寝間着《ねまき》姿で「就寝《しゆうしん》時間です！」と怒鳴《どな》り込《こ》んでくるまで、この騒《さわ》ぎは続くことになるのだった。

†

「ふぃー、やれやれ」

追い出されたアルシェイラはユートノール家の門を振《ふ》り返《かえ》った。

苛立《いらだ》たしげに閉《し》められた門がいまだに震《ふる》えているように見える。アルシェイラは苦笑《くしょう》して、視線を塀《へい》に沿わせ、そして屋敷《やしき》全体に向ける。

気配を探《さぐ》る。

屋敷の中、庭、塀の周辺……知った気配しかないことを確認《かくにん》し、アルシェイラは息を吐《つ》く。

どこかにリンテンスがいるはずだ。本人の気配をすぐには読めなかったが、彼の鋼糸《こうし》の気配はそこら中にある。

「ふうん、なかなか……」

本人の気配がすぐに見つけられなかったことに、アルシェイラは鼻をくすぐられたような顔をした。天剣《てんけん》最強と言っても過言ではないリンテンスであっても、アルシェイラにはかなわない。

事実、二人が出会った時には、彼らに相応《ふさわ》しい大規模《だいきぼ》な戦いになるよりも先に、アルシェイラがリンテンスの鼻っ柱を心身共に叩《たた》き砕《くだ》いて終わらせた。

それだけの実力差があったということなのだが、それも月日と共に差が詰《つ》められていっている。

「……いまだとかなり遊べるのかな？」

あるいは負けるか？

純粋《じゅんすい》な力押《お》しならいまだにアルシェイラの圧勝だが、それを一度でもいなされるとどう転ぶかわからない。

そう考えられることが少し楽しい。生まれたときから戦いにおいては負けることを知らず、強すぎるがゆえに戦場にもほとんど出ないまま過ごしてきた。

戦闘狂《せんとうきょう》の武芸者は何人か知っているが、彼らの語る楽しさなどまるで理解できない。負けるはずのない戦いしか経験していないのだ。刹那《せつな》に凝縮《ぎょうしゅく》された生と死などアルシェイラには縁遠《えんどお》い。

「ああでも、この間はかなり楽しめたわね」

ドゥリンダナとかいう名前の化《ば》け物だ。

ティグリスやデルボネが死に、生まれ育った都市を荒《あ》らしたドゥリンダナを許せはしないが、その一方で自分の力を限界まで引《ひ》き絞《しぼ》ったあの戦いは、かつてない高揚感《こうようかん》を与《あた》えもした。

ああいう戦いをもう一度してみたい。戦いになんの刺激《しげき》も感じないアルシェイラにとって、そしてそれが逃《に》げられない使命である彼女にとってドゥリンダナとの戦いは、初めての刺激的な戦いだった。

リンテンスとならそれができるのか？

やってみたい気もする。

だが、それはおそらく、してはならない戦いだ。

これから来る戦いを考えるならば、戦力はどれだけあってもいいはずだ。

「それぐらいの戦いになればいいのだけど」

次の戦いに期待することで、リンテンスと戦ってみたいという気持ちを抑《おさ》える。

すくなくともドゥリンダナよりも弱いということはないだろう。

しかしどれだけ相手が強力だろうとも、こちらもそれに合わせて強力になっていくのであれば、結果は前回と同じとなる。そしてそうならなければならない。

リーリンの存在がそうだ。

アルシェイラが武芸者の祖《そ》である者への肉体的な先祖返りであるなら、リーリンは同じ祖が持っていたもう一つの特殊能力《とくしゅのうりょく》の継承者《けいしょうしゃ》ということになる。

相手がこの世界の創世に関《かか》わるような巨大《きょだい》な敵《てき》だというのなら、こちらもまたその敵と同等の力を手に入れようということだ。

「わかりやすい話よね」

そのために生み出されたアルシェイラとしてはとりあえずそれをやるしかない。こんなことしたくないなんて言いようもない。言ったところでしかたがないという思いもある。自分がやらなければ誰《だれ》がやるという気もする。

さらにいえば、自分に課せられた使命を重荷に感じていないというのが、一番の理由だろう。

「あー……そっか」

帰路をふらふらと歩きながら考えるでもなく考えていたのだが、ふと、あることに気付いてしまった。

「やばっ、これって実は大発見じゃない？」

その事実が体に馴染《なじ》むにつれ、アルシェイラはどんどんと気分が盛《も》り上がっていくのがわかった。

そうなると、じっとしていられない。

すぐさま行動に移る。

帰れば仕事が待っているからとだらだらと歩いていた姿《すがた》はどこへやら、風すらも起こさない超高速《ちょうこうそく》移動を行うと瞬時《しゅんじ》に見つけていた気配の元へ向かった。

「……なにをしている？」

民家の屋根で寝転《ねころ》がっていたリンテンスは、いきなり現われたアルシェイラに驚きもしなかった。

「すごいことに気付いたのよ！」

「なんだ？」

こちらの気分など完全に無視してリンテンスはいつもどおりに不機嫌《ふきげん》だ。

だがこちらもそんなことは知ったことではない。

「ほんとにもうすごいことなのよ！」

「だからなんだ？」

寝転がったままで聞く体勢ではないので胸ぐらを摑《つか》み、問答無用で立ち上がらせる。リンテンスは不機嫌顔だが逆らう様子もなく、されるがままだ。

「わたしってばさ、この運命に抗《あらが》うために生まれてきたわけじゃない？」

「……そうらしいな」

「始祖の都市で、武芸者の祖へと先祖返りするために強力な武芸者の血を掛《か》け合わせ掛け合わせ、不純物を排除《はいじょ》して純血へと濾過《ろか》した先がわたしだったわけなのよ。もはや最強なのは当たり前。でも最強過ぎて役立たず。本気出したら汚染獣《おせんじゅう》より先に都市の方がぶっ壊《こわ》れちゃう体《てい》たらく」

こちらの言いたいことが伝わっていないのだろう。リンテンスは怪訝《けげん》に表情を歪《ゆが》めているだけだ。

「それでもわたしが、来たるべき状況に対して有用であることはこの間の戦いで証明することができた。都市を壊《こわ》さない戦い方はやり方次第で、できることもわかった」

「うむ」

「わかる？　わたしは単一の目的のためだけに作られた。そのことに不満があるわけじゃない。そういう生き方だってあると思うわけ。武芸者《ぶげいしゃ》だってだけで汚染獣と戦わなくちゃいけないし、その延長でしかないからね。だからわたしが、生きた最終兵器だったとしてもなんの問題もないわけよ」

「それはわかった。……それで、なにが言いたい？」

「まだわかんない？」

「知るか。お前の中の問題だろうが」

「ふふん？　あーそっかなるほど。じゃあ、教えてあげる。聞きたいでしょ？」

「聞きたいと言わなければ話が進まないのだろう？」

「じゃあ教えてあげない……………………って言ったらどうする？」

「いいから言え」

うんざりした様子のリンテンスを見て満足した。

だからもったい付けずに教えてあげることにする。

「この戦いが終わったら、わたしの生きてる意味がなくなるのよ」

「なんだと？」

「だってそうでしょ？　わたしはこの戦いのためだけに生み出されたんだから。戦いが終わったら用なしじゃない。びっくり。これこそ驚《おどろ》きの真相じゃない？」

「……本気で言っているのか？」

「え？　なに、もしかして知ってたの？　嘘《うそ》、リンってば意外に頭が良かった⁉」

本気で驚く。

この戦いのために生きてきた。成長を止め、生きる時間を少しでも稼《かせ》ごうとした。己《おのれ》の力、そして天剣《てんけん》を持つに相応《ふさわ》しい者が増《ふ》えていく気配に、そのときが近いことだけは感じていた。

自分がいまだ、始祖の完全な再現を果たしていないことが不安要素ではあったが、戦力の面でこれ以上は望めまいというほどに充実《じゅうじつ》した。

そして、ドゥリンダナと戦う寸前になってリーリンが現われた。肉体的に一般人《いっぱんじん》である彼女が運命に組み込まれていることが哀《かな》しく、そして自分が完全ではないことが腹立たしかったが、自らの本領《ほんりょう》を発揮《はっき》する瞬間《しゅんかん》が近づいていることに昂揚《こうよう》を感じてもいた。

寂《さび》しさもまた、感じてはいた。

その寂しさの意味が、ずっとわからなかった。

「わたしとしたことが緊張《きんちょう》でもしてるのかと思ったけど、違《ちが》ったのよ。役目が終わることが寂しかったのよ。なんとちょっと、自分の役目に未練があったのよ。びっくりだとは思わない？」

「びっくりしたのだろう？」

「したのよ！」

自分の気持ちが面白《おもしろ》くて笑い転げそうになる。

惨《みじ》めだとかみっともないとか、そういうことで笑っているのではない。ただ、おかしくてしかたがない。いまの自分の感情を一歩退《ひ》いて観察し、分析《ぶんせき》することができない。

「ずうぅぅぅうっともったい付けてたものがやってきて、それで終わるのよ。終わってしまえば用なしの自分を想像したらなんだかわかんないけどおかしいし楽しいし、なんかわくわくしてきたのよ。ああもう、どうしたらいいのかわかんない」

笑い続けるアルシェイラにリンテンスは呆《あき》れるかと思ったのだが、彼はむしろ怪訝な表情を解《と》いて、見つめてきた。

「……なに？」

　笑いの余韻《よいん》にくすぐられながら、それでもその変化が気になったので尋《たず》ねる。

「やることがなくなるのが、そんなに嫌《いや》か？」

「うーん、どうなんだろ？　まだよくわかんないな」

「お前の感情が、それにどういうけりをつけるのか知らんが、一つだけ約束しろ」

「なによ？」

「二人とも生きてたらおれと戦え」

「あーそれいいかも、いいわよ」

「負けた方が勝った方の言うことを聞く。そういうルールはどうだ？」

「いいんじゃないかな？　それにしても、リンがそういうのを言い出すって珍《めずら》しいわね」

「なら、決まりだ」

「ふふん？　じゃあ、それまでにリンへの罰《ばつ》ゲームを考えるとしましょうか」

　強引《ごういん》に話を切られたように思えて気になったが、リンテンスともう一度戦ってみたいと考えたばかりだったということもあって、素直《すなお》に受けた。

「今度はすぐに終わったりしないでよ？」

「無論だ」

笑みを交《か》わす。心は相変わらず浮《う》き立っている。負ける気はしないがリンテンスがなにを考えているのか気になる。

ここ最近感じていた奇妙《きみょう》な寂しさが紛《まぎ》らわされた。

「……で、なんの用かな？　カナリス？」

そんな良い気分だったのに、嫌な予感をつれた気配が後ろに立っていた。

「……陛下」

「君には今回の問題に関《かか》わらないよう言っておいたはずだよ？」

カナリスはもともと三王家の親戚筋《しんせきすじ》の者であり、その武門もまた王家亜流《ありゅう》の集まりで構成されたリヴァネス武門だ。

「わかっております」

応《こた》えるカナリスは苦しそうな顔をしている。

リーリンの王位継承権《けいしょうけん》を公表したことで三王家外戚《がいせき》たちの敵意《てきい》が集中し始めたとき、アルシェイラはまずカナリスに、そして護衛《ごえい》を頼《たの》んだ三人以外の天剣授受者《てんけんじゅじゅしゃ》たちにもこの問題に関わらないよう忠告した。

「身内の問題だから、手元に置いといても信用しきれるかわからないし、敵になるならさすがに容赦《ようしゃ》はできないかもって言ったよね？」

他の天剣《てんけん》はともかく、カナリスの王位に対する忠誠心を疑いはしない。だがそれも、肉親や兄弟たちがこの問題に絡《から》んでくればどう転がるかはわからない。ミンスが企《くわだ》てたアルシェイラ自身への暗殺ならば笑ってすませられたが、それがリーリンに向けられるのであれば話は別になる。

アルシェイラの視線を受けられず、カナリスは俯《うつむ》いている。

「申し訳ありません。ですが陛下」

「……なによ？」

カナリスの態度に不審《ふしん》を感じた。

「なにをした？」

そう言ったのはリンテンスだ。

「リン……？」

「屋敷《やしき》に向けた鋼糸《こうし》の感触《かんしょく》が消えた」

「え？」

「切られたわけではない。消えた。なにをした、カナリス？」

「………」

カナリスは黙《だま》っている。

「……消えた？」

切られたわけではないとリンテンスは言っている。つまり、屋敷に向けた鋼糸からなんの情報も得られなくなったということだ。

「リンテンスの鋼糸を無効《むこう》にする？」

そんなことができる武芸者がいたのか？　戦闘《せんとう》能力とは直接関係しない特異能力であるのなら、アルシェイラが気付かなかったということはあるかもしれない。

だが、そういうことか？

それならば、いま、アルシェイラが感じているこれの説明をどう付ける？

ユートノールの屋敷に意識を集中させたというのに、誰《だれ》の気配も捉《とら》えられないのはどういうことだ？

護衛たちだけではなく、リーリンたちの気配もわからない。

いや、それだけではない。

その周辺の土地そのものからなんの気配も感じられないのだ。

「……カナリス？」

アルシェイラの問いかけに、カナリスは沈黙《ちんもく》する。息をひそめ、アルシェイラの放つ威《い》圧《あつ》に押《お》し潰《つぶ》されながら沈黙している。

いや、違う。

「こんなことが普通《ふつう》の武芸者にできるとは思えない。カナリス、これはなに?」

屋敷に向かわなければと頭は思っている。カナリスと話をしている場合ではない。いますぐに向かってリーリンの安否《あんぴ》を確認《かくにん》しなければ……

そう思っているのに、足が動かないのだ。

「………」

それは、隣《となり》のリンテンスも同じようだ。

「お許しください。わたしにもどうにもできません。これは誰にも逆らえないことです」

アルシェイラとリンテンスの視線を受け、カナリスは苦しそうに言葉を漏《も》らす。彼女のその様子はこの行動が本意ではないことを示している。

「リーリンっ!」

脂汗《あぶらあせ》を浮かべて立ち尽《つ》くすカナリスから目をそらし、アルシェイラはリーリンの名を叫《さけ》んだ。

†

やっと静かになってリーリンはほっと息を吐《つ》いた。

心配してこうして通って来てくれているのだとわかってはいるのだが、そのやり方には問題がある。誰にも内緒《ないしょ》で部屋に入ってくることはないのだ。

「……この間は、寝《ね》ようとしたら先にベッドにいたし」

ぶつぶつと呟《つぶや》きながら机《つくえ》のものを片付ける。もう勉強ができるような時間でも気分でもない。明日《あした》も学校があるので寝よう。

「あの……」

声に振り返ると、手持ちぶさたな様子でエルディンが立っていた。

「もう今夜は寝るね」

「あ、はい。わかりました」

ミンスも自室に戻《もど》り、部屋にはリーリンとエルディンしかいない。当初は屋敷の外を警備していたエルディンだが、リーリンと打ち解けたことからこうしてすぐそばでの警護を任されるようになっていた。

「では、いつものように隣の部屋で待機していますので」

「ご苦労様。……あ、そうだ」

そのまま部屋を出て行こうとするエルディンを見送ろうとしたのだが、思い出した。

「はい？」

「さっきの話、陛下は人をおちょくるのが好きなだけだから、あんまり本気にしない方がいいわよ」

「あ、武官侍従《じじゅう》の……」

「そうそう」

リーリンは頷《うなず》く。

「王宮警護の武芸者《ぶげいしゃ》がいるのは本当だけど、ほとんどリヴァネス武門の人たちだし、……言い方悪いけど、閑職《かんしょく》だと思うから望んでそんなところに入らなくても」

ミンスがリーリンの護衛にと選んできた武芸者なのだ。見た目はすこしぼやっとしているエルディンだが、それでもきっと腕《うで》が立つ武芸者に違いない。

リーリン専門とはいえ、結局は閑職の王宮警護だ。そんなところにリーリンとそれほど年が変わらないような武芸者が入りたがるはずがない。

そう思っていたのだが。

「…………あの」

黙ってリーリンの話を聞いていたエルディンが思いつめた顔で言葉を挟《はさ》んできた。

「僕が側《そば》にいては迷惑《めいわく》でしょうか？」

「……へ？」

思ってもいなかった質問に、リーリンは驚《おどろ》いてエルディンを見た。

「……あっ！　そんな、別に迷惑とかそんなことはないのよ。ただ……」

「ご迷惑でないのであれば、ぜひとも侍従武官の件をお認めください」

「でも……」

閑職ということは一般《いっぱん》の武芸者《ぶげいしゃ》だって知っている。

そして、庶民《しょみん》として育ったリーリンは街の人たちが王宮の文句を言うとき、王宮警護の武芸者たちが槍玉《やりだま》にあげられることを知っている。

女王という最強の存在を、あるはずもない反乱から守る無用の弱者たち。

「王宮警護の方たちがなんと呼ばれているかは知っています」

「それなら……」

「それでも、僕は殿下《でんか》をお守りするために必要であるなら、王宮警護でも侍従武官でもなんでもなりたいと思っています！」

「エルディン……」

眼鏡《めがね》の奥《おく》にある純朴《じゅんぼく》な瞳《ひとみ》がまっすぐにリーリンを映している。

苦しくなる。

気付きたくないものに気付いてしまった。

いや、知っていた。なんとなくだがエルディンがなにを思っているのかわかっていた。

だけど……

「エルディン……」

そのとき、リーリンはなにを言おうとしたのか、自分の中にある迷《まよ》いをかき分けて言葉が生み出されようとしていた。

そしてそのまま、曖昧《あいまい》なままに消えていく。

「……なに？」

空気が変わったのがわかった。

「……殿下？」

リーリンの変化に、エルディンが怪訝《けげん》な顔をする。

こんなにはっきりと変わったというのにエルディンは気付かない。それならこれは武芸者が行ったものではないのか？

「……う」

眼帯《がんたい》の奥で右目が疼《うず》く。

「殿下、どうなさいました？」

空気は静かだ。だが、なにかが起きている。

そしてそれは進行する。エルディンにもわかる形で。

突如《とつじょ》、爆発《ばくはつ》音が窓の向こうで響《ひび》いた。

「敵襲《てきしゅう》⁉」

エルディンが錬金鋼《ダイト》を抜《ぬ》き取り、身構える。まだ復元はしていない。復元の際の光がカーテンの隙間《すきま》から漏《も》れ、外にいる敵にこちらの位置をしらせないためだ。

「まさか、こんな堂々と……」

戦いの音は続いている。エルディンはポケットから鉄片《てっぺん》のようなものを取りだした。念《ねん》威端子《いたんし》だ。

だが、エルディンがどれだけ見つめても、端子は念威繰者の念威を受けて輝《かがや》くことはなかった。

「連絡《れんらく》が絶《た》たれています」

そう告《つ》げて、カーテンに近寄り外の様子を確認する。戦いの音は散発的だが、大きな音が一つする度《たび》に屋敷全体をゆっくりと揺《ゆ》らし、悪い方向へと一つ進んだ感触《かんしょく》を与《あた》える。

「くそっ」

エルディンも同じ感想のようだ。

「殿下はここでお待ちください。脱出路《だっしゅつろ》を確認してきます」

他の警備の武芸者が来る様子はない。戦いの音は確実にこちらに向かって近づいている。そのゆっくりさは、むしろこちらが慌《あわ》てるのを予想し、嘲笑《あざわら》っているかのようだ。

「待ってエルディン」

「……大丈夫《だいじょうぶ》です。殿下は必ずお守りいたします」

焦《じ》れたエルディンの行動を止めようとしたのだが、彼は止まらない。

「待って！」

こちらの呼びかけを背に、部屋を飛び出していった。

「エルディン」

視界から消えたその背が左目に残像として残っている。……そんな感覚が消えてくれない。そして、その残像だけが彼の全《すべ》てであるような、そんな予感もまた、消えてくれない。

「なんで、そんなことを言うの」

声が震《ふる》えてしまう。

心を許していたのは確かだ。異性《いせい》としてというわけではなかったが、安らげる空気を持っているなと思っていた。側にいても苦にならず、肩《かた》の力を抜いていられた。ユートノールを名乗るようになり、三王家の一員という環境《かんきょう》の激変《げきへん》の中で、彼はほっとできる存在だった。

そんな彼が、あんなことを言う。

「勘違《かんちが》いもできないじゃない」

エルディンの言葉を間違《まちが》えて受け止めるなんてことはできない。

それは、リーリンもまた、そういう言い方をしてきたからだ。

「……わたしも、鈍感《どんかん》でいられたらよかったのに」

そんな言葉では通じなかった。

通じていれば、エルディンではなくレイフォンがここにいてくれたのだろうか？

「……なにを言ってるの？　わたしは」

そういう問題ではない。リーリンが選んだ結果がいまのこれだ。

レイフォンを要《い》らないと言ったのはリーリン自身なのだ。

「もう……エルディンは」

彼の言葉が胸を貫《つらぬ》いて、抜けない。人を欲《ほっ》する心を持たないようにしていたのに、彼の言葉には捨てようとしていた気持ちが嫌《いや》になるほどこめられている。

こめられた気持ちが胸に染《し》みこんでくる。

捨てようとしていた想《おも》いの温かさは、涙《なみだ》が出てきそうになるほどに愛《いと》おしい。

「のんきに構えているのは自覚がないからなのかしら？」

「え？」

いきなり聞こえてきた女性の声に、リーリンは振り返る。

しかし、誰《だれ》もいない。

「気のせい？」

人がいるような雰囲気《ふんいき》はない。

戦闘《せんとう》の音は聞こえなくなっていた。戦闘そのものが終わったのか、膠着状態《こうちゃくじょうたい》に入っているのか。

終わっているのだとすれば勝ったのはどちらか。

「屋敷《やしき》の人たちは大丈夫かしら？」

そう呟いたときだ。

ドアが吹《ふ》き飛《と》び、壁《かべ》が破壊《はかい》された。

重く激《はげ》しい音が響き、壁やドアだったものが辺《あた》りに散らばる。

そして一際《ひときわ》大きなものが、リーリンの足下《あしもと》に落ちた。

「エルディンっ！」

「……うっ」

倒《たお》れた彼の周りが朱色《しゅいろ》に染まろうとしている。右腕《みぎうで》が肘《ひじ》から失われ、そこから血が溢《あふ》れている。額《ひたい》も割れ、溢れ出した血が彼の顔を赤く変えていく。

「しっかりして」

リーリンはハンカチを取りだして額の傷《きず》を拭《ぬぐ》い、右腕の傷を縛《しば》るものがないかと辺りを見回す。

「殿下、お逃《に》げください……」

重傷《じゅうしょう》だが、すぐに死ぬという傷でもないようだ。

とりあえずは大丈夫だということにほっとしていると、壁にできた穴をくぐってくる者がいた。

四十代ほどだろうか。長身でやや肉厚の男だ。ミンスに野性味《やせいみ》と毛深さを足せばこういう男になるのかもしれない。

それはつまりミンスに似《に》ているということであり、似ているということは王家の血筋《ちすじ》にあたる者だということだ。

「披露目《ひろめ》の席以来ですな、殿下」

悠然《ゆうぜん》とした足取りで部屋に入ってきたその男は、明らかな見下す目でリーリンを見た。

「あなたは……テリオス？」

以前に、その名前が話題に上ったことをリーリンは覚えていた。

「覚えていてくだされたとは、光栄の極《きわ》みですな、殿下」

言葉遣《ことばづか》いとは裏腹に、その態度はリーリンを侮蔑《ぶべつ》している。

「お逃げください。テリオス様は、なにかおかしい。……こんな、警護を一人で、なんて」

苦しげにそう言ったエルディンが表情を一変させる。

「ぐっ」

「エルディン!」

口から大量の血を吐《は》くと、エルディンはそのまま気を失った様子で動かなくなった。

「どうやら内臓を痛めたようですな。早いうちに治療《ちりよう》しなければ命に関《かか》わるかもしれない」

「あなた……」

エルディンはいま、『二人で』と言った。

「あなたが、わたしを殺そうとしている人なのですか?」

「その通り」

リーリンの質問に、テリオスは臆《おく》さず頷《うなず》く。

「歴代最強であられる陛下の気まぐれには我《われ》ら一同なれたものですが、この決定だけは気

まぐれでは済《す》まされませんからな」

「……そんなに不満ですか、わたしが王位継承者では？」

「あなたは本当にグレンダンで育ったのですか？」

意外そうな顔で言ってくる。

「この戦いに満ちた都市で、頂点に立つ者が武芸者でなくてどうするのですか？　武芸者でなくてはならない。人々の盾《たて》となり前線に立てる者が指導者でなくて、何者がこのグレンダンを統治《とうち》できるというのか？」

言葉遣いは丁寧《ていねい》に、だが語調には侮蔑を込めてテリオスは語る。当たり前の答えをリーリンに言わせようと問いかけてくる。

テリオスが当たり前だと思っている答えを、テリオスが有利になる答えを、だ。

しかし、リーリンはそれを当たり前だとは思わない。

「……そんな考えで、あなたはこの都市の玉座が欲しいと言うのですか？」

「いいや。私はそれを望まない。だが、あなたが死ねばより相応《ふさわ》しいものにその座は渡《わた》されることになる」

「……いいえ、あなたはその座が欲しくなっている」

気を失ったエルディンの息を確かめ、リーリンは立ち上がった。

「そんな力を手に入れて、あなたは自分の野心を抑《おさ》えられなくなっている」

この屋敷を固めていた警護をただ一人で、しかもこんな短い時間でだ。

それは、どれだけ腕利《うでき》きの武芸者でも不可能だ。

天剣授受者《てんけんじゅじゅしゃ》級の実力でもない限り。

「あなた、その力をどうしました？」

「……くっ、くっくっ。言うなぁ、小娘《こむすめ》」

リーリンに指摘《してき》され、テリオスが笑った。

慇懃無礼《いんぎんぶれい》の仮面《かめん》を脱《ぬ》ぎ捨《す》て、剝《む》き出《だ》しの傲岸《ごうがん》さが顔に表れる。

「その通りだ。お前を殺せば、リヴァネスの長老たちによっておれが次の王位継承者として推挙されることになっている。クラリーベルの馬鹿娘《ばかむすめ》が家出などしてくれたおかげで、おれは晴れてロンスマイア家の長となり、そしてグレンダンの次期王位継承者となる」

「それが魅力的《みりょく》だと？」

「当たり前だろう？」

ああ、やっぱりだ。テリオスの欲《よく》に溺《おぼ》れた顔を見ながらリーリンは納得《なっとく》した。叔父《おじ》であるミンスがそうなので、そういうものなのだろうと思っていた。

しかしそうなのなら、アルシェイラたちが危惧《きぐ》していることは矛盾《むじゅん》するとも思っていた。

いまこうして、リーリンのまえに身の危険《きけん》が迫《せま》ることはないはずだ。

だからおそらく、こういうことなのだろう。

テリオスは、そして他の王家に関係する者たちは、一部を除いてなにも知らないのだ。

このグレンダンの、三王家の役割がなんなのかを。この先になにが待ち構えているのかを。

だからいまだに、こんな欲に溺《おぼ》れた顔で騒動《そうどう》などが起こせるのだ。

そしてそれを、何者かに利用されている。

「あなたにその力を与《あた》えたのは誰ですか？」

「なにを言っている？　この力はおれが、おれ自身で手に入れたものだ」

「…………」

「なんだ？　なにを見ている？」

なにを言おうと、リーリンの右目は全《すべ》てを見ている。テリオスを覆《おお》うように漂《ただよ》っている力は、武芸者《ぶげいしゃ》の剄《けい》とはなにかが違《ちが》う。テリオス自身が放つ剄と交わることなく、斑《まだら》となって主張している。

どうやら、テリオスは何者かに操《あやつ》られているようだ。

「……あなたは、どうやって天剣授受者《てんけんじゆじゆしゃ》の監視《かんし》をくぐり抜《ぬ》け、先ほどまでいた陛下が戻《もど》ってくるのを防いでいるのですか？」

「……なにを言っている？」

テリオスが本当にわからないという顔をしている。

「……まさかあなた、陛下やリンテンス様がいたことに気付いていなかったのですか？」

「……こけおどしか。いかに貴様が王位継承者といえど、天剣が護衛に付くなど、なにより陛下がなぜここを訪《おとず》れなければならぬ」

気付いていなかった。

「退《ひ》いてください。あなたは利用されている。いまならばこの騒乱《そうらん》はなかったことにできます」

「……なんだそれは、命乞《いのちご》いか？」

「あなたの野心は本物かもしれませんが、この状況《じょうきょう》は何者かに利用されたものです。冷静になって退いた方がよろしいと思います」

「一般人《いっぱんじん》だから仕方ないのかもしれんが、それにしても見るに耐《た》えん態度だ。それが王位を指名された者の態度か？」

どうやらリーリンの対応はテリオスの機《き》嫌《げん》を損《そこ》ねさせただけだったようだ。

「もういい……死ね」

テリオスが片手をあげる。その指先に剄の光が宿る。殺意がリーリンの額に収束《しゅうそく》する。

「陛下と出会った貴様の運を恨《うら》むのだな」

それが、死ぬべき者へのテリオスなりの手向《たむ》けの言葉だったのだろう。

指先に集《つど》った勁が放たれる。

テリオスは信じて疑わなかっただろう。

リーリンの頭蓋《ずがい》が砕《くだ》け、無惨《むざん》な死体になる様《さま》を。

それが女王への警告となると。グレンダンの玉座の意味を知らしめることになると。

武芸者が座るべき玉座に一般人を収めようとしたアルシェイラの愚行《ぐこう》を正し、あるべき形を民衆に示さんと。

それを示すのが自分であると。

次代の王は自分なのだと。

「……あなた、わたしや陛下より長生きできるおつもりだったのですか？」

大義に酔《よ》っている男の目を薄気味《うすきみ》悪《わる》く思いながら、リーリンはその幻想《げんそう》を砕く。

リーリンの眼前《がんぜん》でテリオスの放った衝勁《しょうけい》が音もなく破裂《はれつ》した。

「なっ」

テリオスが驚《おどろ》く。

一般人だと思っていたリーリンが衝勁を防いだのだから当然だ。

「貴様、なにをした!?」

叫《さけ》びながら、テリオスはすばやく背後へ跳《と》んだ。自分の開けた穴を抜け廊下《ろうか》に出る。目の前にいるのが一般人だと思いながらも、不可解なことへはすばやく対応する。

「たしか、エルディンがあなたを褒《ほ》めていたはず。その通りの武芸者ではあるのですね」

リーリンが王位継承者となったから、怒《いか》り、そして己《おのれ》の野心に気付いてしまったのか。

「貴様、一般人ではなかったのだな？」

「……いいえ、ただの人でした」

「もはや騙《だま》されんぞ。……そうか、アルシェイラめ。ここに来て王族内の不穏分子《ふおんぶんし》を一掃《いっそう》しようという考えか」

「……なにを言っているのですか？」

「いいや、もうわかったぞ。貴様はヘルダーの隠《かく》し子《ご》などではない。アルシェイラの用意した偽者《にせもの》だ。その偽者に王位継承権を与え、王族内に潜《ひそ》む反アルシェイラ派《は》を燻《いぶ》り出そうという魂胆《こんたん》だったのだな」

リーリンは黙《だま》って首を振《ふ》った。

この人はもともと現実を生きてなかったのだ。

王位を奪《うば》うという欲望《よくぼう》の夢《ゆめ》の中でしか生きていない人なのだ。リーリンが王位継承者となったからそうなったのか。それともその力を手に入れたときからそうなったのか。どちらであれ、いまリーリンの目の前にいる人物は夢の中に生きている。

「……いえ、現実を生きてないのはわたしたちなのかも」

彼らがそれをわかっていないのであれば、リーリンたちを取り巻いている状況の方がより現実的ではないのだろう。

だが、このグレンダンではリーリンたちを取り巻いている状況が現実であり、テリオスが考えているものは空想でしかない。

「はははは、なるほどそうか、そういうことか。これはしてやられた。アルシェイラめ！」

テリオスが笑い、叫ぶ。剄が溢《あふ》れる。

「……あなたの妄想《もうそう》に付き合ってはいられません」

「いいや、付き合ってもらうぞ。どこまでもな！」

テリオスが錬金鋼《ダイト》を復元する。長い柄《え》の戦斧《せんぷ》だ。

大きく振りかぶるだけで、剛風《ごうふう》が部屋を荒《あ》らす。

足下《あしもと》に倒《たお》れたエルディンが風に押《お》されて行く中、リーリンは髪《かみ》が巻き上がるのみで微動《びどう》だにすることなくその場に立つ。

「この力の前には、女王とて相手ではないわ」

「……やはりあなたは現実を見ていません」

テリオスが距離《きより》を詰《つ》め、振りかぶった戦斧が薙《な》ぎ払《はら》いに振られる。リーリンの体など簡《かん》単《たん》に引《ひ》き裂《さ》けそうな戦斧だ。

リーリンの左手が動く。テリオスの見せる高速の前ではあまりにも遅《おそ》く見える。

だがその手はいままさにリーリンを二つにわけ、衝撃《しょうげき》で砕こうとする戦斧の刃《は》に移動し、そして受け止めた。

「なっ！」

衝撃波《しょうげきは》がリーリンの前で暴れる。風に押されて背後に移動したエルディンにはその余波が触《ふ》れることはなかった。

「貴様……なぜっ！」

「あなたに用はないのです」

戦斧を押さえた手に力を込める。

それで終わりだ。

戦斧にひびが入る。それは瞬《また》く間《ま》にその領域を広げ、斧から柄へと進行し、それだけにとどまることなくテリオスの腕《うで》にまで侵蝕《しんしょく》していく。

「がっ、うあ、なぁっ！」

「…………」

「貴様、なんだこれは……なんだ⁉」

「あなたの技《わざ》を返しただけです」

ことさら冷たく言い捨て、リーリンは最後の押しを加えた。

「ががっ！」

そう叫ぶのが精一杯《せいいっぱい》だった。

ゆっくりと進行していたひびは、その押しで速度を緩《かん》から急へと変じ、瞬く間にテリオスの全身を覆《おお》う。

ひびの奥《おく》から光が覗《のぞ》く。戦斧を通し、そしてテリオスの内部を駆《か》け巡《めぐ》った剄がひびから表へと現われようとしている。

「消えなさい」

リーリンは宣告《せんこく》する。

光がテリオスの体から溢れ出す。

溢れ出した光は部屋全体を覆い尽《つ》くし、なにもかもを見えなくした。

「…………」

そして、光が去った後には、廊下に倒れるテリオスの姿があった。右肘《みぎひじ》から先をなくして気を失った彼の姿は、リーリンの側《そば》で倒れているエルディンに似ていた。

†

屋敷《やしき》の方角から突如《とつじょ》として強力な剄が発された。

「っ！　誰《だれ》？」

近寄ろうとすれば足が動かず、感じようとしてもなにも感じられなかった屋敷から、いきなり放たれた強力な剄の気配に、アルシェイラとリンテンスは驚《おどろ》き、そして訝《いぶか》しんだ。

「……覚えのない剄だな」

リンテンスが呟《つぶや》く。

これほどのもの、天剣級《てんけんきゆう》の実力者だ。

しかし天剣授受者であれば全員覚えがある。それ以外となれば天剣候補《こうほ》だ。やはり女王や天剣たちが見逃《みのが》すはずもない。

「なんだろう。落ち着かないわね」

不可解な状況《じようきよう》というだけではない。なにより、この不可解さには本当にわからない薄気《うすき》味悪《みわる》さよりも、わかっているはずなのにわからないというもどかしさの方が強い。

ならばこれは、リーリンの暗殺のためにリヴァネスの連中が動いたというだけの話ではないはずだ。

しかしそれでも、この剄の説明は付かないのだが。

いや、あるいは付くのか。

「もしかして……」

状況だけではない。この剄にもわかっているのにわからないもどかしさがあるような気がする。

ならばアルシェイラはこの剄を知っているのではないか？

「でもまさか……」

一つの推測が頭に浮《う》かんでいる。だが、アルシェイラはそれを打ち消したい思いがある。

「……カナリス。これはなんなの？」

自分の中に浮かんだ答えを見つめたくなくて、カナリスに詰《つ》め寄《よ》る。

「まだ言えません。まだ……」

カナリスは苦しそうに首を振るばかりだ。そして、そんな彼女の反応がリヴァネス武門の者たちに対するしがらみや情《じょう》からきているとは考えられない。

そこまで鈍感《どんかん》にはなれない。

ならばやはり、これは、アルシェイラが考えている通りなのだ。

「おい……」

リンテンスの呼びかけは、彼女の張り詰めた気持ちを刺激《しげき》する。

「思いついたことがあるなら言ってみろ。そろそろおれは、この状況に腹が立ってきたぞ」

「リン…………」

「どいつもこいつも裏でぐずぐずと這《は》いずり回る。戦場がどこにあると思っている？ その牙《きば》がなんのためにあると思っている？ 這いずり回るしか能のない虫どもが邪魔《じゃま》なのなら、踏《ふ》みつぶしてしまえばいいのだ」

「そう簡単《かんたん》な話じゃないのよ」

戦場を求めてグレンダンにまで流れ着いてきたリンテンスにとって、いま起こっていることはまどろっこしいだけのことなのだろう。

「運命に打ち勝つためか？ だからどうした？ 他人にお膳立《ぜんだ》てされた勝利になどなんの興味もない。勝たねばならぬ戦《いくさ》と、勝つことが決まった戦では意味が違《ちが》う」

「そうだけれど……」

しかし、これは負けられない戦いなのだ。戦場で懸《か》けられているのは戦っている者の命だけではない。武芸者が、戦場で常に背後に置く都市民の命だけではない。

この世界。この世界にある全《すべ》ての自律型移動都市。

そこに住む全ての人間たち。

それらの命が、これからやってくるだろう戦いにかかっているのだ。

「……お前が、顔も知らない連中のために命を懸けられる人間か？」

「ひどい言い方ね。でも、知らない人間はどうでもいいけど。ここの人間は守りたいわよね。そうなれば自然と……そういうことじゃない」

話がずれた。そう思いながらも修正はしない。

だが、リンテンスにとってはこれもまた必要な話題だった。

「そうだ。おれたちは結果的に世界を守るに過ぎない。おれが許せないのはな、女王、これしか能がない人間たちを差し置いて、むりやり他《ほか》の者にそれを授《さず》けようとしている、この運命とやらを作った連中だ」

「…………」

リンテンスもまた、なにかに勘《かん》づいているのだ。だからそんなことを言う。

やはり、そういうことなのか。

リンテンスまでもそう感じたのならば、やはり、そういうことなのだ。

あの剄を出した者は、一人しかいない。

決して、刺客《しかく》の放ったものではない。

「……我々《われわれ》は結局、辿《たど》り着《つ》けなかった者たちなのです」

カナリスが呟《つぶや》く。それは誰に向けたわけでもない。独り言であり、そして己《おのれ》自身の無力を嘆《なげ》く言葉だった。

「武芸者という能力そのものは、結局のところ、それほど重要ではなかった。真に導《みちび》き出さねばならなかったものに比べれば、それはいくらでも代替《だいたい》が可能なものでしかなかった。……の前では、破壊力《はかいりょく》というものはその程度のことでしかない。本当に必要なものは武芸者の因子《いんし》の陰《かげ》に隠《かく》れ、そしてあの方に……」

リーリン。

彼女はいま、あの屋敷の中でなにを見ているのか。

†

静かになった部屋で、リーリンは自分の手を見つめた。

震《ふる》えている。

戦いの矢面《やおもて》に立ったこと。人の、生の殺意をその身に浴《あ》びたこと。

そして殺してしまったこと。

慣れないそれらのことが重なって心を冷たくする。恐怖《きょうふ》が湧《わ》き上がる。

「こんなことで」

震える手を握《にぎ》りしめ、言葉を噛《か》みしめる。この先にはもっと怖《こわ》いことが待っている。こんな程度のことで怯《おび》えているわけにはいかない。

「んー、できればもう少し性能を見ておきたかったな」

「……あなたは誰なんですか？」

再びの女性の声に、リーリンはエルディンの様子を見たいのを抑《おさ》え、声の主を捜《さが》した。

しかしやはり、どこにも人の気配はない。

「関係者よ」

「え？」

すぐ近くで声がして、リーリンはそちらを見る。

ソファの前にあるテーブルに、いつのまにか猫《ねこ》がいた。

リーリンと目があって、猫はひとなつっこく「ニア」と鳴く。

黒猫だ。美しい毛並《けな》みに青い瞳《ひとみ》の猫。額《ひたい》にはサファイアが埋《う》め込《こ》まれていて、まるで三つ目のようだ。

そして、そのサファイアの周りだけ、白い毛が生えている。大きな傷《きず》でも負ったことがあるのだろうか。

「……まさか」

こんな猫には覚えがない。この家のペットでもなければ、付近にいるという話も聞いたことはない。

そんな猫がこのときにここにいるわけは……

「そう。お嬢《じょう》さんの目の前にいるのがこのわたしさ」

「……あなたは、なんですか？」

猫の口とは別のところから声はしている。だが、その猫がそうだとしか思えない。

「……その方はエルミ・リグザリオです」

さらに新たな声。

だが、こっちは知っている声だ。

「サヤ？」

穴の開いた壁《かべ》から、ふらりと黒衣《こくい》の少女が現われた。

「おや、久しぶり。寝《ね》ていなくてもいいの？」

「あれがここに降りてから、わたしは一度も眠《ねむ》ってはいません」

「ふむ。相変わらずの危機感知能力だ」

「サヤ……?」

黒衣の少女と猫。二人の間をリーリンは視線を行き来させる。

「この方は味方です。一応は」

「ふふふ、心得ているじゃないか」

サヤの紹介《しょうかい》に、猫が笑う。

「だが、味方というのは本当だよ。お嬢《じょう》さんと敵対《てきたい》する理由はないし、なによりあれとはわたしの方が長く戦っていることになる」

「この方はわたしと月……アイレインを以前の世界で拾ってくれた方であり、自律型移動都市を開発した方でもあります」

「……それって」

サヤと初めて会ったとき、話してくれた。

「そうだ、リグザリオ」

思い出した。彼女の語ってくれた話の中に、その名前は出てきた。

「亜空間《あくうかん》……この世界を作った人」

「そう」

声だけが肯定《こうてい》する。猫は猫のまま、テーブルからソファに移って丸くなっている。姿《すがた》と言葉の内容が一致《いっち》しない状態は、見ていると目眩《めまい》がしそうだった。

「……そもそもの元凶《げんきょう》を作った人」

「そういう言い方もできるわね」

この人が亜空間増設機《ぞうせつき》というものを作らなければこんなことにはならなかった。

「でも、もし作らなかったとしたらどうなるのかしら？　確実に言えることは、リーリン・ユートノールもリーリン・マーフェスも存在しない。もちろんこの世界が存在しないのだから、あなたの育った環境《かんきょう》も存在しない。輪廻転生《りんねてんせい》という言葉を知っているかしら？おおざっぱに言えば魂《たましい》は流転《るてん》して様々な形を取るということなのだけれど、それをしたところで、あなたという意識がリーリンであった保証はない。つまりあなたはあなたでいられなかった」

「…………」

「作ったからこそあなたがいる。その恨《うら》み言《ごと》は言ってもしかたのないことね」

「そうかもしれないけど。あなたがそれを言うなんて！」

殺人犯に『ほっといてもどうせ寿命《じゅみょう》で死ぬでしょ？』と言われたような不条理を感じ、怒《いか》りが抑《おさ》えられない。

「いい加減にしてください」

猫に向かって一歩踏《ふ》み出したリーリンを止めたのは、サヤの言葉だ。

感情が乗っている様子のない平板な声だが、リーリンを止める力があった。

「たとえこうなることが止められないものだとしても、わたしたちの望みの代償《だいしょう》をこの人がしなければならない正当な理由にはなりません。それ以上のリーリンへの侮辱《ぶじょく》は、わたしが許しません」

「サヤ……」

黒衣の少女の表情は相変わらずだが、その言葉には涙《なみだ》が出そうになった。

「わかった。悪かったわね」

誠意のない謝罪《しゃざい》に、リーリンは冷静になりきれない複雑《ふくざつ》な表情を浮《う》かべる。

「……まぁこの話はもうやめましょう。わたしの本心とあなたたちの心情なんて、どれだけやっても永遠に平行線なんでしょうし」

「それで、これはいったいなんだったのでしょうか？」

口を開く気になれないリーリンに代わって、サヤが尋《たず》ねる。

「テストよ。わかるでしょ」

猫はソファで丸くなったまま。声だけが素《そ》っ気《け》なく響《ひび》き渡《わた》る。

「なんのための？」

「その子の性能テストよ。アイレインの目。これだけはわたしにもコピーは不可能。唯一《ゆいいつ》それをすることができるとすれば、彼自身がこの世界に振《ふ》りまいた自らの因子を凝縮《ぎょうしゅく》させてみるしかなかった」

「それは……」

リーリンは眼帯《がんたい》を押さえた。

「アイレインの月の結界はいずれ破られる。そこから出てくるイグナシスやらナノセルロイドやらに対抗《たいこう》するためには、単純な戦力だけでは意味がない。異民《いみん》の能力が必要となる」

エルミが言っているのは、グレンダンの三王家がこれまでやってきたことだ。

「あなたが、それをグレンダンに？」

「ここはわたしが作った最初の都市よ。そして最後の砦《とりで》とする気で作った。戦うのに、鎧《よろい》を作って剣《けん》を作らない人はいないでしょう？」

「でも、それは陛下が……」

グレンダン三王家の成果は、アルシェイラという形でほとんど結実したはずだ。ただ、そこにもう一つ加わるはずだったものが、偶然《ぐうぜん》でリーリンのところにきた。

それだけのはず。

「そうではないのは、もうわかっているのではないかしら？」

「…………」

「あなた、自分がなにをしたかわかっているでしょう？」

「…………」

その言い方、エルミは知っている。リーリンのこれまでの人生を知っている。リーリンがそのときには気付いていなかったことにまで、気付いている。

「ドゥリンダナとの戦いで、あなたは養父《ようふ》になにをしたか、そしてあなたがまだ赤《あか》ん坊《ぼう》だった頃《ころ》に、すぐそばにいた無関係の捨て子になにをしたか」

「やめて！」

エルミの言葉に、リーリンは耳を塞《ふさ》いで叫《さけ》んだ。

養父に落とした棘《とげ》一つ。それは養父の体内で茨《いばら》となり、全身に染《し》み渡《わた》る。剄《けい》という名の力となって。

それ以前にもレイフォンに同じように力を与《あた》えていた。意識してのことではない。だが、幼子《おさなご》が窮地《きゅうち》から逃《のが》れるため、すぐ近くにいた人間に護衛者《ごえいしゃ》としての力を与《あた》えていた。

人にそんな力を与えることができるのだ。

それを自分に向けられないはずがない。

それが、さきほどの戦いの真相だ。

エルミは彼女の悲嘆《ひたん》には目もくれない。いや、見たうえで同情をしない。

言葉を止めることはない。

「あなたの悲劇《ひげき》はともかくとして、これによって月の能力があなたの中で発現したことは証明された」

「……くっ」

胸の痛みにのたうち回りそうになる。エルミの言葉には容赦《ようしゃ》がない。相手の心を思いやる要素が存在しない。

「エルミ」

サヤがそっとリーリンに寄《よ》り添《そ》う。

しかしその目は、ソファの黒猫に向けたままだ。

「あなた、人の心はどうしましたか？」

「さて、すり切れたか元からなかったか。……あのときに失ってしまったか。話を戻《もど》しましょうか」

サヤの問いをさらりと流し、猫はさらに続ける。

「あなたの性能は確認《かくにん》された。これで、わたしの用意した最後の戦いへの準備は全《すべ》て整《ととの》ったことになる」

猫が不意に顔を上げて立ち上がる。なにを見つけたのかきょろきょろとするのだが、ソファそのものから動きはしない。

そしてやはり、猫の動きとエルミの言葉には関係性がない。

「……本当なら、間に合っていなかったのだけれど」

「え？」

飛び出た言葉は信じられない内容だった。

「気付いていたのでしょう？　だから起きている」

その言葉は自分に向けられたものではない。リーリンはサヤを見た。

「ええ。あの方はドゥリンダナに紛《まぎ》れて侵入《しんにゅう》に成功していたようです」

サヤも頷《うなず》く。

「……あの方？」

「ナノセルロイド・マザーI・レヴァンティン。ドゥリンダナよりも先に作られた、ナノセルロイドのプロトタイプにしてグレートマザー」

「そんな……」

もう来ているだなんて。

「どうしたら……」

ようやく、自分の力がどんなものかを確認できたような状態だ。そして、さっきの震《ふる》えとドゥリンダナのときのことを考えれば、そんな激《はげ》しい戦いでやるべきことをやりきる自信なんてない。

「心配しなくても、もう少しは大丈夫《だいじょうぶ》なんじゃないかな」

血が下がる音を現実に感じていたリーリンはエルミのさらなる言葉でまた驚《おどろ》く。

「……どういうこと？」

「わたしも知りたいです」

「おや？　サヤも知らなかった」

「わたしにそのような機能はありませんから」

「そうか、そうよね。じゃあ、とりあえず映像を出しましょうか」

エルミがそう言うや……

「わっ……」

いきなり、部屋の中央に黒い塊《かたまり》が浮き上がった。

かと思えばその黒い中で光が生まれ、映像が結実する。

「これは……」

そこに映されているのは荒野《こうや》から見た自律型移動都市だ。地平線の向こうから太陽が昇《のぼ》り始めており、空から夜が払拭《ふっしょく》されつつあるのを背にして都市が歩いている。

グレンダンはようやく深夜に入ったぐらいの時間のはずだ。

それなのに、映像の都市は早朝となっている。

「時差の影響《えいきょう》が出てるけど、これはリアルタイムの映像よ」

「時差？」

「世界が丸いなんて言っても信じないでしょ。流しときなさい」

エルミの言葉に不満を覚えたが、それ以上にその都市にひっかかりを感じ、リーリンはより細かく都市を観察した。

放浪《ほうろう》バスからなんどか外側の都市を見たことがあるリーリンは、外側から見るだけでも都市ごとでそれなりに特徴《とくちょう》があることを知っている。

そして……

「え？　まさか」

記憶力《きおくりょく》には自信がある。

そして、この光景を見たときの感慨《かんがい》はあまりにも強すぎて、多少角度が違《ちが》ったとしてもすぐにそれとわかってしまう。

なにより、中央に高くそびえ立つ時計を備《そな》えた塔《とう》のような建物は、見間違《みまちが》えようもない。

「そんな……ツェルニ」

「その通り。学園都市ツェルニ。ここにレヴァンティンがいる」

「嘘《うそ》よっ！」

思わず、リーリンは叫《さけ》んだ。

「だってそこには、レイフォンが……なんで、どうして……」

どうして、こうなる？

「関《かか》わらないように。これで関わらないで済《す》むって、そう思ったから……」

そう思ったからレイフォンを突《つ》き放《はな》したというのに。

「強かったからこんなことになったんだから、だからそれはわたしのせいだから、だから、もう戦わないでいいように、危険《きけん》な目に遭《あ》わないでいいようにって……」

そう思ってレイフォンを突き放したのに。

「なのに、なんでっ！　なんでよ！」

「落ち着きなさい。みっともない」

「ほっといてよ！」

「心配しなくても、暴れるためにあそこに行ったわけではないようよ」

「……え？」

エルミの言葉で、リーリンは少しだけ冷静さを取り戻した。

「これを見てみなさい」

そう言うと、映像が切《き》り替《か》わる。徐々《じょじょ》に都市へと近づいていき、一つの区画、一つの建物、そして一つの部屋へと目的の場所に徐々に近づいていった。

「これがレヴァンティン」

そして映像には、一人の少女が映る。

リーリンとそれほど年齢《ねんれい》が変わらない様子の、少し表情に乏《とぼ》しい感じだが、きれいな少女だ。

「……え？」

朝の身支度《みじたく》中だったのか、制服に着替《きが》えたばかりという様子の少女はスポーツバッグを肩《かた》から下げて玄関《げんかん》へと向かおうとしている。

「嘘でしょ、こんな……」

だって、この間のドゥリンダナはあんなに巨大《きょだい》な化《ば》け物だったというのに。

「もとより姿形《すがたかたち》にはそれほど意味はないのよ。ただ、向こう側のゼロ領域《りょういき》で半ば暴走状態で増加したナノマシンを制御《せいぎょ》するには、どうしても巨大な形にならざるを得ないし、そしてその巨大さを活用できる形となると、それは決して人型ではない。それだけのこと」

エルミが説明していく。

「でも、おそらくだけどレヴァンティンはそこからさらにバージョンアップをしている可能性はあるわね。あちらで過剰《かじょう》生産してしまったナノマシンを全て分散状態で統括《とうかつ》しているのだとしたら、もう、この世界全体の情報 収集《じょうほうしゅうしゅう》は完了《かんりょう》してるかもしれないわね」

「そんな……」

信じられなかった。

この少女がドゥリンダナと同じ存在だということも。

エルミの語る、この世界の情報収集が完了しているかもという話も。

どちらも、信じられない、冗談《じょうだん》のような話としか受け止められない。

だが、そうではない。

映像の中で、玄関に向かっていた少女が足を止めた。忘れ物に気付いたという様子ではない。ピタリと足を止めたかと思うと、そのまま静止するというのは、時間のない朝の一コマとしてはありえない。

そして、少女が唐突《とうとつ》に振り返る。

自分の背後を、ではない。

映像を見ているリーリンに向かって。

「こちらのカメラが見えるはずがないのだけどね。あれと同じナノマシンを使ってるんだから」

「でも……」

見ている。

こちらに気付いていないのだとしたら、彼女はおそらく、部屋の壁《かべ》と天井《てんじょう》の境目辺《あた》りを見ていることになるはずだ。

急ぐ朝の時間にそんなところを見ている理由とはなんだ？

リーリンには思いつかない。

少女が動いた。

「……あ」

表情のない少女と画面を通じて目をあわせるという異常な状態に、リーリンは動けなくなっていた。

……のだが、彼女が動くことで、金縛《かなしば》りが解《と》ける。

そのまま玄関へと視線を戻して出かけたというのであれば、気のせいだったということ

になったのに……

少女はリーリンを見つめたまま、口を動かしたのだ。

映像は音声を拾っていない。

だが、唇《くちびる》はゆっくりと動き、そして短い言葉だったこともあって、勘違《かんちが》いのしようがなかった。

邪魔《じゃま》をするな。

少女は、レヴァンティンはそう言ったのだ。

画面越《ご》しに少女を見ているリーリンに向かって、おそらくはサヤやエルミがいることも承知の上で。

「ふう……」

猫《ねこ》から声が聞こえた。ため息なのだが、その声に宿る重さに疲労《ひろう》が垣間見《かいまみ》えた。

「なんとかこちらのナノマシンへの侵蝕《しんしょく》は防げたわね」

「やはり、故意《こい》にこちらへ来ていないということなのですね」

「そういうことみたいね。まぁ、察しは付くけれど」

サヤとエルミが会話をしているのを横に、リーリンは呆然《ぼうぜん》と、映像の残滓《ざんし》を眺《なが》めていた。

「あれが、レヴァンティン……？」

映像を映していた黒い靄《もや》のようなものさえもなくなり、そこには荒《あ》れ果《は》てた部屋の空気があるだけだ。

だが、確かにそこに映っていた。

少女という形で、ツェルニにいた。

「どうして……？」

ツェルニに？

それだけではない。ツェルニだということも疑問だが、どうして普《ふ》通《つう》の人間の姿で、学生の姿で生活をしているのか。

「どうして？　あいつらはこの世界を壊《こわ》すことが目的なんでしょう？」

この世界そのものが、レヴァンティンたちナノセルロイドとそれらの主人であるイグナシスを閉《と》じ込《こ》める大きな檻《おり》となっている。

彼らが真の自由を得るには、アイレインが自らの身を挺《てい》して作った月という牢獄《ろうごく》を破り、そしてこの世界という檻を破《は》壊《かい》しなければならない。

そしていま、月はほぼ破られかけている。ドゥリンダナが現われ、そしてレヴァンティンもこの世界に来ている。後はイグナシスがいつ出てくるのかというだけとなっている。

そして、そんな敵勢力の中で最も恐《おそ》れなければならない戦力こそがレヴァンティン。

「……そういう話でしょ？」

「ええそうよ」

リーリンの言葉をエルミが肯定《こうてい》した。

「イグナシスは戦力として数える必要はないわ。ゼロ領域であいつを相手にするのは面倒《めんどう》だけれど、こちら側にいる限りは、そしてレヴァンティンにこの世界を壊させない限り、あれを恐れる必要はない。倒《たお》すべきはレヴァンティンだけと考えればいい」

「……それなら、どうしてレヴァンティンは」

「さて……」

エルミが言葉を途切《とぎ》れさせる。

濁《にご》した。そう感じた。エルミはいま、あえて言葉を濁した。

そう感じる根拠《こんきょ》はある。

「……さっき、あなたは『察しが付く』って言ってたはずよ」

リーリンが呆然《ぼうぜん》としていたから聞き逃《のが》していたとでも思っているのか。

しかし、聞き逃してなんていない。

「意外にしっかりしているのね。ただ、できれば知らない方がいいのではないかと思ったのだけれど？」

「そんなこと、あなたに決めて欲《ほ》しくない」

これ以上エルミに、リーリンのことで少しでもなにかを決めてもらいたくはない。運命という自分ではどうにもできないものによって自分の人生はあからさまにねじ曲げられた。その運命の根本にいるのが、エルミなのだ。

「教えなさい」

教えなければ殺す。全てを台無《だいな》しにしてやる。そんな気持ちで黒猫《くろねこ》を睨《にら》み付ける。

「いいわよ、べつに」

エルミの声はあっさりとしたものだ。

「隠《かく》したくて隠してるわけじゃない。あなたが戦いにくくなるかもしれないと思っただけだから」

「そんなこと、あなたに心配されたくありません」

「そっ。それなら、教えてあげる」

そして再び、部屋の中央に黒い靄が浮《う》かび、中央に白い光が宿り、映像が生み出される。

そこには一人の女性がいた。

「これって……」

レヴァンティンに似《に》ている。

ただ、年齢が違《ちが》う。さきほどの少女と比べて、いまの映像に映っているのは年上だ。

成人女性だ。

違いはまだある。

映像は、写真かなにかの静止画像を映しているのだが、その女性にはさきほどの少女と違い、豊かな感情が顔に表れていた。

「彼女の名前はジャニス・コートバック。アイレインがああなってしまった原因である絶界探査《たんさ》計画に、彼と同じく志願した女性」

「ジャニス……？」

レヴァンティンという名前ではないのか？

「彼女は妹を失い生きる希望を半ば放棄《ほうき》していたアイレインとは違い、豊富すぎる冒険心《ぼうけんしん》からその計画に志願し、ゼロ領域に飛び込み、そして行方《ゆくえ》不明となった」

リーリンの疑問に気付いていないのか、あるいは気付いて無視しているのか、エルミは話を続ける。リーリンは黙《だま》って話の続きを聞く。

「さて、アイレインとジャニスは同じ計画のために訓練をこなしたわけだけど、そんな彼らにゼロ領域に適応するための人体改造を施《ほどこ》す技術者がいた。彼の名は、ソーホ」

映像にまた一つ静止画像が現われる。ジャニスと並《なら》んで置かれたその画像には細身《ほそみ》で気の弱そうな男が映っている。

「彼は優《すぐ》れた科学者だった。計画が頓挫《とんざ》した後、古巣《ふるす》に戻《もど》った彼はわたしが理論だけ作って放置しておいたナノセルロイドを完成させた」

「ナノセルロイドはあなたが……？」

人体改造という不穏《ふおん》な言葉に顔をしかめたが、それよりもそちらの方が気になった。

「理論だけと言ったでしょう？　もともとあれはオーロラ粒子《りゅうし》、こちらでいう汚染《おせん》物質をエネルギーへと転換《てんかん》させるために考えたもの。それを完成させて兵器転用させたのがナノセルロイドということよ。……とにかく、ソーホは優れた技術者であり、絶界探査計画で出会ったジャニスという女性に好意を抱《いだ》いた」

好意。その言葉がエルミの話から出てくるとは思わなかった。

「だけど、さっき話した通り、ジャニス・コートバックはゼロ領域に消えた。彼の想《おも》いは叶《かな》わないまま終わるのだけれど、残念ながら彼は自分の想いをうまく処理できるような人間ではなかった。手に入らないのならば作ればいい。そんな風に考えたのでしょうね、わたしと同類だったのなら」

「作ればいいって……え？」

一瞬《いっしゅん》わからなかった。おそらくは死んだだろう想い人のことを考えて哀《かな》しむのはわかる。だけど、手に入らないのならば作ればいいという考えは理解できない。

「そんなの、間違《まちが》ってる」

「失った哀《かな》しみを忘れるためにそれを穴埋《あなう》めするのはそれほどおかしなことかしら？　失《しっ》恋《れん》を新しい恋《こい》で忘れるように。できた傷口《きずぐち》は塞《ふさ》がなければ血が流れ続ける。精神の失血死をまぬがれるためには、なにかで傷口を塞がなければならない」

「………………」

「彼のしたことが普通《ふつう》の人間として間違っているかという問いなら、間違っているでしょうね。ただ、普通の人間にはこんなことはできない。こうして……」

エルミの言葉に合わせ、静止画像がさらに一つ、加えられる。

それは、最初の写真に似ていて、そして、なにか決定的な違いを持った人物の写真だ。服装が違うとか表情が違うとかそういう問題ではない。画像を見ているだけでもわかるほどに纏《まと》っている空気が違う。

この写真からは、なにも感じられないのだ。

「こうして、最初のナノセルロイド。プロトタイプ。そして後にグレートマザーとしてナノセルロイドシリーズを統括《とうかつ》することになるナノセルロイド・マザーI・レヴァンティンが誕生《たんじょう》することになった」

「レヴァンティン」

この画像はやはりレヴァンティンなのだ。

ジャニスにそっくりだというのに、しかし同じ人物には見えない。生気が感じられないからだ。まるで人形のようであり、そして人によって作られた、人に似せたものという意味ではまさしく人形だった。

自ら動くことのできる人形だ。

「さて、ようやくこの話の主人公が登場したわけだけど、当時、アイレインほどではないにしろオーロラ粒子の影響《えいきょう》で肉体が変化したり、特殊《とくしゅ》な能力に目覚めたりする異民《いみん》と呼ばれる者たちがいた。彼女たちナノセルロイドはそれら異民を駆逐《くちく》する兵器として運用され、アイレインと戦うことになる」

「アイレインとそのジャニスという人も知り合いだったのでしょう？」

かつての知り合いと同じ顔をした敵《てき》と戦うというのは、苦しいことだったのではないのか。

「さぁ？　結局最後まで戦い続けたんだから、問題があったとしても克服《こくふく》したのでしょう、サヤ？」

「そうですね。葛藤《かっとう》はあったと思われます」

サヤが頷《うなず》く。

「アイレインのことはいいのよ。いまはレヴァンティン」

エルミが話を戻す。

「オーロラ粒子をエネルギーにし、無限に増殖《ぞうしょく》を続けるナノセルロイドは製作者の思念を機械から除くという意味で、ゼロ領域での活動にも有用だと考えられていたのだけれど、そこに思わぬ計算違《けいさんちが》いが生じた。機械であるナノセルロイドそのものが独自に思考を発展させ、命令外の行動を取るようになった」

「それは？」

「我《われ》思う、ゆえに我あり。人はどこから来てどこへ行くのか。存在理由。人が色々なことで悩《なや》むように、レヴァンティンもまた己《おのれ》の存在理由に疑問を持った。ナノセルロイドとしての本来の役目に、というわけではなく、なぜ自分はこの姿《すがた》なのか、ということに」

「姿……」

特別な姿であるということに、選民《せんみん》思想的な優越感《ゆうえつかん》を持つことはない。なぜならば、彼女は最初の一体であり、その時点ですでに特別だからだ。

それよりも、どうしてその姿なのか。そちらの方をレヴァンティンは問題視した。

「製作者の深い想いのある姿を与《あた》えられたレヴァンティンだけれど、己《おのれ》の姿にソーホが失望していることを知り、より完全なジャニス・コートバックの再現を望むようになる」

失望したソーホという人の気持ちはわからないでもない。映像を見比べるだけでもわかる。

形が同じだから同じ人間になるということはない。その人の形は、表情や仕草が生み出す赴《おもむ》きも重要であり、その表情や仕草を作り出すのは、その人が生きてきた間に培《つちか》われた感情なのだ。

形は真似《まね》られても内面を再現することのできなかったレヴァンティンに、ソーホが満足するはずがない。

そこまで考えて、思いつくことがあった。

「……もしかして、レヴァンティンは」

「その可能性が高いわね」

人間をより深く知ろうとして、ツェルニにいるのか。

「彼女の人間への再現は、いままでのところ失敗している。命令違反《いはん》に近いことをしてまでゼロ領域に消えたジャニスを呼び起こすことを画策《かくさく》したのだけど失敗し、そして人間の本質を見誤《みあやま》りもした」

「本質？」

「ソーホがレヴァンティンを作ったように、外見が同じであればいいのではないか？　一時的にでもそう結論づけてしまったがため、ソーホの肉体を奪《うば》ったイグナシスに従い、そしていまに至っている」

「……え？」

写真の男がイグナシス？

「あるいは自ら導《みちび》き出した結論が正しいのかを試行したがために、ソーホの外見を維持《いじ》するイグナシスに従っているのかもしれない」

「姿が同じだからって、中身が違うんでしょ？」

「そうです」

エルミではなく、サヤが頷《うなず》いた。

「しかしそれを言うならばレヴァンティンにしてもそうです。経緯《いきさつ》は違いますが、わたしもまた似たようなものです」

「……あ」

サヤの外見は、妹を求めてゼロ領域へと入ったアイレインの影響《えいきょう》で、彼の妹とうり二つなのだと以前に聞いている。

「姿が同じであれば心の再現は不要なのか？　それこそ彼女がイグナシスに付き従った末に得たかったものなのかもしれません」

人間になろうとする機械。だけど、その誕生《たんじょう》が人間と違うために、人とはかなり違った形で心を得ようとしている。

人間とはどういうものなのか？　考えて、試して、考えて、試して……

「でも、それだと、レヴァンティンは人間になりたかった理由そのものをなくしてるじゃない」

レヴァンティンの外見を作り、その外見の人間が戻ってくることを願ったソーホという人は、その過程でいなくなってしまっている。

それだけでなく、ソーホを殺した人間に付き従っている。

考えていると哀《かな》しくなってくる。レヴァンティンに同情してしまいそうになる。

「それでも、この人は世界を壊《こわ》すの？」

「壊すでしょうね」

エルミが答える。

「なぜ？」

「そうしなければ、もう前には進めないからよ」

「前に？」

「どうやっても取り返せない存在を作ってしまった以上、あとはその残滓《ざんし》にどう始末を付けるのかが、彼女の命題よ」

そうだ。

もう、彼女がジャニスになりたかった理由であるソーホはいないのだ。

「それでも捨てられないから、彼女はここにいる。ならば戦うしかないのではなくて？」

わからない。リーリンは首を振《ふ》るしかなかった。

「……でも」

サヤが呟《つぶや》いた。

「それではあの人は、あの都市でなにをしているのでしょう？」

その疑問にリーリンも、そしてエルミも答えることはできなかった。

†

エルミとサヤは唐突《とうとつ》にいなくなった。

「テストは成功している。それだけで十分に満足」

去り際《ぎわ》に、エルミはそう言った。

「この世界の命運はあなたの手にある。それをどうするかは、あなたに任《まか》せるわ」

「…………」

「戦えるようにはした。戦うかどうかはあなたたち次第《しだい》。結局、わたしにとっては他人事《ひとごと》なのよ」

本当に嘘偽《うそいつわ》りのない様子で声はそう告《つ》げる。

猫《ねこ》が部屋から出て行くと、サヤも静かに去っていった。

空気が元に戻《もど》っていくのを感じる。エルミがなにかをしていたのだろう。

エルミの言葉は重い。

しかしいまは、その重さよりも気になることがある。

「……レヴァンティンはなんのために？」

屋敷《やしき》の向こうから強力な気配が近づいてくる。女王がもうすぐやってくる。屋敷の中でもミンスが動き出した。エルミがなにかを行って隔絶《かくぜつ》されていたこの場所が元に戻《もど》り、周囲が一気に動こうとしている。

その音を聞きながら、リーリンは足下《あしもと》で倒《たお》れているエルディンの様子を見るべく、その場に膝《ひざ》を突《つ》く。

「穴《あな》を塞《ふさ》ぐ」

心の穴を、失われたものを取り返すのではなく、別のものでそれを塞ぐ。

それはきっと正しいことなのだ。

「でも……ごめんね」

いまはまだ、そういう気持ちにはなれない。胸にある空白を埋《う》めるときが来るのだとしても、いまはまだ、そのままにしていたい。

「ありがとう」

気を失ったままのエルディンの額《ひたい》を撫《な》で、リーリンは囁《ささや》くのだった。

†

監視《かんし》の目があることにはこの世界に侵入《しんにゅう》したときから気付いていた。ヴァティの体を構成する物と同様の、ナノマシンを利用した多角型監視システムのようだ。

しかし、本体であるヴァティには極力接近してこなかったために放置していたのだが、

今日に限って近づいてきた。

接近してきたのを機に制御《せいぎょ》機能の奪取《だっしゅ》を試みたものの失敗に終わる。しかし、近接《きんせつ》監視の続行を諦《あきら》めさせることには成功したようだ。

しかし、どうしていまこのタイミングでヴァティに近づいてきたのか？

「……あちらの準備が整《ととの》ったと考えた方がいいのかもしれません」

ヴァティにしても対ナノマシン処置が施《ほどこ》されたグレンダンには遠巻きの監視しかできていない。

「エルミ・リグザリオはやはり生きていましたか」

そして彼女はさらになんらかの策《さく》を講じ、ヴァティに対抗《たいこう》するなにかを用意していることだろう。

「しかしいまは関係ありません」

あちらが動かない限り、こちらからなにかをする気はない。

玄関《げんかん》のドアを開け外へと出る。朝の澄《す》んだ空気に、この建物から滲《にじ》み出る古い建材のにおいが混じる。それを感じながらヴァティは一階の店に入ると、用意しておいた電動式台車に商品を積んでいく。

朝一番に作ったケーキを契約《けいやく》した店に運ぶのもヴァティの仕事だ。これをこなしてから学校へと行くのが彼女の日課だった。

朝起きて、ケーキ作りを手伝い、そしてまた部屋に戻って身繕《みづくろ》いをしてケーキを配達し、通学する。

ヴァティ・レンの朝は目まぐるしいほどに忙《いそが》しい。

「それでは、いってきます」

「お願いね」

メイシェンに見送られ、電動式台車のエンジンを掛《か》け、出発する。

彼女の笑《え》みはいつもより力がなかった。

「…………」

電動式台車を走らせながら、メイシェンの姿を思い出す。化粧《けしょう》を施し、赤くなった目元をごまかそうとしていた。それでも声はかすれ気味で、動きがいつもより緩慢《かんまん》だ。朝の少ない時間で注文をこなすため、ヴァティはいつもよりも早く動かなければならなかった。

それもしかたがない。

むしろ、今朝《けさ》の仕事は休みになる可能性が高いと考えていた。

しかし、メイシェンは店を休むことはなかった。

「失敗を想定して耐性《たいせい》を高めていた？」

心の耐性というものがどういうものなのか、言葉にしておきながらヴァティはわかっていない。だが、傷つくとわかっていれば同じ痛みでも耐《た》えることができるのではないか。

メイシェンがそういう状態だったとしてもおかしくはない。

なにしろ、ヴァティの目には彼女の行動は自暴自棄《じぼうじき》の末のことに見えていたのだから。

「まさかこんなにも早く次の段階に行くとは思っていませんでした。が、進んだのですから次の段階での行動を観察させていただきます」

いまもなおメイシェンを苛《さいな》んでいるだろう心の痛みと、彼女はどう立ち向かっていくつもりなのか？

そのときに辿《たど》り着《つ》く答えとは？

配達は瞬《またた》く間《ま》に終わる。ツェルニ全体の交通状況《じょうきょう》を把握《はあく》しているヴァティにとって最適な配達コースを検索《けんさく》することはあまりにも容易《たやす》い。電動式台車は学校近くにある大物用のロッカーに預《あず》け、学校へと歩いていく。

都市中の人間、そのほぼ全《すべ》てが、この時間帯は学校へ集中する。

人で溢《あふ》れた学校への道を進みながら、ヴァティは十数メル先をメイシェンが歩いていることにもちろん、気付いていた。生の視線は他の生徒たちが邪魔《じゃま》で届くことはないが、彼女の知覚はナノマシンを通じて、目で見ているのと同じようにメイシェンを観察することができる。

とぼとぼという表現がまさしく似合《にあ》いそうなメイシェンの様子を観察する。ぼんやりとして行動の焦点《しょうてん》が定まっていないような、ただ人の流れに身を任《まか》せているだけのような、そんな危《あや》うい歩調の彼女をヴァティは見守り続ける。

「よっはー」

そこに、メイシェンの幼《おさな》なじみ二人がやってきた。

「おはよう、メイ」

ミィフィとナルキの二人はメイシェンを挟《はさ》むように並《なら》ぶ。

「あ、おはよう」

一拍遅《いっぱくおく》れて、二人に気付いたメイシェンが顔を上げた。

「っ！」

それは本当にわずかだった。だが、確《たし》かに変化した。

メイシェンの顔を見るや、わずかに表情を引きつらせ、そして瞬く間に元に戻したのだ。

「よし、明日《あした》ってお店休みだよね、たしか」

「え？　う、うん」

「そうか。なら、今日はうちに泊《と》まりに来い」

「ええ？　そんな……」

「いやさー、ナルキってばぜんぜん掃除《そうじ》しないのよ。自分は仕事が忙しくってあんまり部屋に戻ってないぞーとかいってわたしに任せっきり。これってどう思う？」

「失礼な。だが、部屋の使用率ではミィの方がだんぜん上だろう」

「それはそうだけどさ。でもわたしは自分の部屋とか台所とか、ちゃんと掃除してますよーだ。割り当てのお風呂《ふろ》とか、交代制のトイレとか、ちゃんと掃除できてないのはどなたでしょうねぇ」

「ぬぅ……こしゃくな」

二人のやりとりにきょとんとしていたメイシェンだが、不意に笑い出す。

「うん、いいよ。掃除をすればいいの？」

「できれば久しぶりにメイシェンの手料理も食べたいね。たくさん。大丈夫《だいじょうぶ》、ナルキが食べるから」

「ああ、食べるぞ。ミィが。なんでもダイエット本を作るために、暴飲暴食によって一日に最大でどれくらい太れるかというデータが欲《ほ》しいんだったよな？」

「んなっ！　ぬぅぅ、そういうこともあったりなかったりするけれど、ね。ナルキってばここ最近小隊を辞《や》めたせいか運動不足なんじゃないの？　ここは！　その運動不足を解消するためにも！　エネルギーをたくさん補給《ほきゅう》しないとね！」

「ぬぅ……！」

「ぬぬぅぅ……！」

「あの、二人とも……わかったから、ご飯《はん》、作るから」

笑顔で、なにかを押しつけあっている二人にメイシェンは困った様子で言葉を挟《はさ》む。

「じゃあ、よろしく！」

「うん、頼《たの》む」

「もう……」

困った顔をしていながらも、そこに混じる笑《え》みに先ほどまでとは違《ちが》い、わずかに明るさが増《ま》している。

ヴァティはそれを見ている。

じっとじっと、望む段階に辿り着くまで観察を続けるのだ。

エピローグ

「好きです」

野戦《やせん》グラウンドの控《ひか》え室《しつ》でそう言われ、レイフォンは呼吸をするのも忘れそうになった。

「……メイ？」

言った途端《とたん》に顔を真《ま》っ赤《か》にしたのに、俯《うつむ》くことなくこちらを見ようとするメイシェンに、レイフォンは威圧《いあつ》にも似《に》たなにかを感じ、目をそらしてしまいそうになった。

だけど、それはできない。レイフォンがしてはいけないと思うよりも、メイシェンの目がそれをさせてくれなかった。

彼女の、全《すべ》てを絞《しぼ》り出したかのような必死な目に、レイフォンは釘付《くぎづ》けになっていた。

弱気な彼女が見せた必死さに、レイフォンは内心で打ちのめされていた。

メイシェンの気持ちに応《こた》えられないという辛《つら》さだけではない。

自分はまた置いていかれそうになっている、という事実にだ。

自分の店を持ち、自分のやりたいことに真摯《しんし》に取り組んでいたメイシェンが、レイフォンの前でさらなる一歩を踏《ふ》み出した。人見知りが激《はげ》しく、幼《おさな》なじみたちと常に一緒《いっしょ》にいた彼女はもういないのだ。

だから……

「ごめん」

いい加減な返事なんてできない。自分の気持ちがわからないなんて言ってられない。彼女の気持ちに気付けなかった鈍感《どんかん》さを恨《うら》みながら、こう言うしかないのだ。

真摯に、返事をするしかないのだ。

「僕なんて、メイの隣《となり》にはいられないよ」

迷《まよ》うままに迷って、結局なにもできないまま周囲の変化に追い出されている。リーリンに突《つ》き放《はな》され、ニーナに置いていかれ、そしていま、メイシェンの心の成長を見せられている。

「僕はなにも変わってない。なにも変われなかった」

立ち直ったことを一つの前進と見るのか。しかしそれだけでは足りない。失ったと気付いたときに、それは失いたくなかったと思ってももう遅《おそ》い。

リーリンがそれを教えてくれた。

「僕みたいなみっともない男は、メイに相応《ふさわ》しくないよ」

自分のいじけた発言にさえもうんざりとする。

彼女には平気なように見せていても、ニーナとクラリーベルの二人に負けたことはレイフォンにとってかなりきつい出来事だった。そうなるかもしれないと覚悟《かくご》はしていたものの、しかしそれでもやすやすと受け入れられることではない。

悔《くや》しいのだ。

自分にある、たった一つ他人に誇《ほこ》れるものをこんなにもなおざりに扱《あつか》っていたのかと、だからこそ追い抜《ぬ》かれているのだと、みっともなくてたまらない。

周囲の変化に、こんなにも自分は置いていかれている。

もう誰《だれ》にも、置いていかれたくはない。

「……そんなことはないよ」

震《ふる》える声でメイシェンが言った。

「そんなことはないから」

彼女はそう繰《く》り返《かえ》す。

†

朝一番で病院に行った。

もちろん、フェリの見舞《みま》いのためだ。

「ふう……」

病院のエントランスを抜ける。疎《まば》らにいる順番待ちの人たちの間を抜け入院患者《かんじゃ》のいる病棟《びょうとう》を目指すのだが、ふいに漏《も》れたのはため息だった。

そんな自分に気付いて顔を叩《たた》く。

病室にはすぐに辿り着く。念のためにノックをすると返事があった。

「はい」

「……え？」

レイフォンは驚《おどろ》き、そしてドアを開けた。

「フェリ！」

「おはようございます」

「あ、はい。おはようございます」

勢い込んで入ったのだが、フェリからの淡々《たんたん》とした挨拶《あいさつ》に勢いを挫《くじ》かれてしまった。病院の売店で売られている簡素《かんそ》な入院着を着たフェリは朝食を終えたばかりという様子だった。

「……大丈夫《だいじょうぶ》、なんですか？」

朝食のトレイはすでに空《から》で、いまは自販機《じはんき》で買ってきたらしい紙コップのお茶を飲んでいる。

「夜に気がつきました。ちゃんとした検査はこれからですが、問題がなければこのまま退院することになります」

「そうですか。……よかった」

「意外に難航《なんこう》しました。あの方はあれで人が悪かったのですね、きっと」

あっさりとした様子でそう告《つ》げるフェリにレイフォンはベッド側にあるパイプイスに腰《こし》をかけると、一気に脱力《だつりょく》した。

「よかった。……ほんとよかった」

「なにをそんなに心配してるんですか。失敗なんてするはずがありません」

澄《す》ました顔でお茶を飲むフェリに、レイフォンは昨晩の姿《すがた》を思い出さずにはいられない。

「いや、でも……なんで病院にいるかわかってます？」

「むっ」

フェリの鉄の表情が揺《ゆ》らいだ。

「わかってないですよね。大変だったんですよ」

「デルボネさんの陰謀《いんぼう》ですね」

「え？」

「陰謀です」

「いや……さすがに、デルボネさん死んでますし」

「遺産《いさん》に罠《わな》を仕掛《しか》けていたに違いありません。そんなものがあるとは思っていない、純真なわたしは哀《あわ》れにもひっかかってしまったのです。まったく、グレンダンにはろくな人がいませんね」

「いや、まぁ……そこはあんまり否定できないですけど」

とりあえず、そのことはあまり深く追及《ついきゅう》してはいけないようだ。

「えーと、それで、解析《かいせき》は？」

「できましたよ、当然じゃないですか。わたしを誰だと思っているんですか？」

「よかった。おめでとうございます」

デルボネの戦闘経験《せんとうけいけん》が封印《ふういん》されているという遺産。記憶《きおく》や経験を他人に渡《わた》すというのは念威繰者《ねんいそうしゃ》ではないレイフォンには今ひとつしっくりとはいかない。

「そんなの、念威繰者でも普通《ふつう》ではありません。おかげで苦労しました」

「そうですか」

それは遠回しに、フェリ自身も普通の念威繰者ではないと言いたかったのだろうか？

しかし、それはまた事実でもある。

「……気にならないんですか？」

「え？」

「デルボネさんの遺産です。解析前にわたしが言ったこと、忘れたんですか？」

もちろん、覚えてはいる。

「でもそれより、フェリが無事で良かったですよ」

「むっ……」

また唸《うな》ると、フェリは口ごもってしまった。

「まったく……こんな台詞《せりふ》を普通に言ってしまうというのは、どういうのなんでしょうね。まったく、腹立たしいったら……」

「……え？　なんですか？」

声が小さすぎて、油断していたレイフォンは聞き逃《のが》してしまった。

「なんでもありません。それよりも遺産ですが」

「はい」

「予想通り戦闘経験に付随《ふずい》する形で彼女の記憶《きおく》の断片《だんぺん》が存在していました」

「…………」

そのことは解析前にも話していた。

そして、グレンダンでアルシェイラ以前からグレンダンの戦いに関《かか》わってきたデルボネならば、レイフォンたちが知らないなにかを知っている可能性があると。そのために解析を急ぐ必要があると言っていた。

ニーナの状況《じょうきょう》を知るために。

「その記憶は戦闘経験から完全分離《ぶんり》させることができなかったのかとも考えましたが、あるいは記憶そのものを分割させて、彼女が故意《こい》にそれを遺産に混ぜていたのかもしれませんね」

「それは……」

「わたしたちに必要になると思ってくれたのかどうかわかりませんが、今後のわたしたちの行動指針が決まりました」

「……はい」

フェリの言葉に、レイフォンは覚悟を決める。

「都市の移動経路《けいろ》次第《しだい》ですが、いずれ都市外に行かなければいけません」

「都市外に、ですか？」

「覚えていませんか？　セルニウム鉱山《こうざん》の近くにあった廃墟《はいきょ》の都市を」

「もちろん、覚えてますよ」

そこで見た電子精霊《でんしせいれい》が、ニーナに取《と》り憑《つ》いた廃貴族《はいきぞく》なのだから。

そういえばあの都市であの廃貴族を見た辺《あた》りからこんなことになっているような気がする。

「あの都市になにが？」

「あの都市が、デルボネさんの故郷《こきょう》です」

「え!?」

たしかに、デルボネはグレンダンの出身ではないとは聞いたことがある。

「記憶は断片しかありませんでしたが、あの都市で今回のことに関係するなにかがあったことは確《たし》かです」

「……わかりました」

フェリの言葉にレイフォンは頷《うなず》く。

†

あのとき、メイシェンはこう言った。

「レイとんはずっとかっこいいままだよ。入学式のときから、いまでも」

「メイ……」

泣きそうな顔で、泣きそうな声で、彼女はそう言うのだ。

本当は辛《つら》くて、もうこの場にはいたくないだろうに、レイフォンのためにここにいて、なにかを伝えようとしてくれている。

「誰かのためにがんばって。誰かのために傷《きず》ついて。レイとんはずっとかっこいいよ。みんながレイとんに追いつこうと懸命《けんめい》なだけだよ。レイとんはずっとかっこいいよ」

「でも……」

「でも、レイとんは傷つきすぎたんだよ。だからみんな、もうレイとんに傷ついて欲《ほ》しくないって思ってるんじゃないのかな」

「…………え？」

傷ついて欲しくない？

「そんな……」

「わからないけど。みんながみんなそうなのかはわからないけど」

「そうだよ。そんなことはないよ」

自分は武芸者《ぶげいしゃ》なのだ。戦うことが当たり前で、だから傷つくのは当然だ。

そんなことからレイフォンを遠ざけようとしているはずがない。

「でも、一人で行ってしまおうとするレイとんはとても辛そうだよ。そんな顔は見たくないって思われてるかもしれないよ」

「…………」

いつのことだろう。覚えはいくつもあってなにも言えない。そのときどきで平静を装《よそお》っていたつもりだけれど、しかしメイシェンにはそれを悟《さと》られてしまっていた。

そう思うと情けなくて、そして……

「……ありがとう」

「え？」

感謝の気持ちも溢《あふ》れてくる。

「そんなに、僕《ぼく》を見ていてくれて」

ずっと、見ていてくれたのだ。

辛いときも苦しいときも、戦いのときはだめでも、それ以外のレイフォンを見ていてくれたのだ。

そして、そうやって見ていてくれた日々も今日で最後になるのだ。

「ありがとう」

「……じゃあ、最後に一つ、お願いを聞いてくれる？」

泣きそうな顔で固まってしまったメイシェンが、濡れて光る目を強引《ごういん》に笑《え》みに変えた。

「なにを？」

「かっこいい人でいてください」

「え？」

「わたしの、初めて好きになった人はこんなにもかっこいい人なんだって。ずっとそう思っていられるように、かっこいい人でいてください」

「………どうすればいいか、わかんないよ」

「レイとんがやりたいことを、全力でやればいいよ」

「…………」

「そうすれば、レイとんは絶対、かっこいいんだから」

そう言って、メイシェンは強《こわ》ばる笑みを見せてくれた。

†

その笑みは裏切れない。

もう一度、覚悟《かくご》を決める。

「行きましょう、その都市に」

それで、全てをわかることができるのなら。

「どこにだって行きます」

あとがき

というわけで十七巻です。雨木シュウスケです。

モンハンをやったりやらなかったりしてます。

いきなりか。いきなり書くことがそれか。というかこれが出るのは三月だぞ、やってる人はもうハンターランクが最大とかになっちゃったりしてるんじゃねぇの？

ちなみにこれ書いている現在では、雨木のハンターランクは五です。

十七巻の原稿書いているときが十二月周辺だったのですが。ええ、ご存じの通り、モンハンも十二月に発売されました。師走《しわす》だっていうのにモンハンやりまくり、ツイッターで呟《つぶや》くのはモンハンのことばかりという。

これで締《し》め切り破ってたらいろんな意味でアウトでしたね。

守りましたけど。

危なかったけど。

大人としての良識は守ったよ。うん、がんばった。

と、モンハンをやってたわけですが、一月に入ったあたりでいったんストップしていたのです。

なんでかっていうと、一気にやりすぎて疲《つか》れたっていうか、集会所上位のクエストは大型がだいたい二体いるというのが難易度高いっていうか、ちょっとびびったっていうか。「うるせーうん○くらえ！」と叫《さけ》ぶのに疲れたというか。

先に進めるよりもクエストを潰《つぶ》していくことを優先していたからとか、使う気もない装《そう》備《び》を作ってみたりしてたからとか。

いろいろやりすぎて疲れました。うん、やっぱりこれが正解だ。

というわけで一月はなにをしていたかというと、信長《のぶなが》の野望オンラインを再開していました。覚えている人がいるかどうかわかりませんが、レギオスの最初の方のあとがきでは、信長やってるーって書いてたのです。

なんでいまさらかっていうと、PS3版が出たからというのもあるのですが、やってない間にされていたバージョンアップの内容が徒《と》党《とう》重視からソロ優遇《ゆうぐう》というか、『徒党を組むほどの時間がなくてもできることがある』とか、『徒党行動の拘束《こうそく》時間を減らす』という方向性に変化していたので、ちょっと試《ため》してみようかなっていう気持ちで。

感想としては昔よりも、やりやすくなってました。

以前のキャラも残ってたり、昔の知人がいまもいたりで、懐《なつ》かしさもあったりでいろいろ楽しくやっとります。というかやめてからもう三年も経《た》っていたというのにびっくりしてたのですが。

いや、時間の流れは早いわー。

再開してみて、ほんとに時間の流れを感じましたねぇ。いや、キャラのステータスに仕官○年という部分があって、やめてた時期もちゃんと計算されてるわけですが、もう五年とか六年とか表記されちゃってるわけですよ。

そうか〜もうそんなに時間が経ってんのかーって、ほんとにしみじみしました。

そして、やめる直前にがんばって作った装備が、あたりまえのことながら型落ちという。クエストこなしてたら誰《だれ》でももらえる装備にも負けるという有様は、涙《なみだ》なしには語れない状態でしたが。

両替（アイテム倉庫）前でぼへーっとしてたらレギオスキャラが隣《となり》にいたよ。姓名揃《せいめいそろ》って紹介文《しょうかいぶん》もあれだと勘違《かんちが》いしようもないやね。

ありがたいことです。はい。

そして、二月、なぜかいきなりモンハン再開してます。あ、もちろん信長も継続《けいぞく》してやってますよ。

なぜかっていえばニコニコ動画のゆっくり実況《じっきょう》が面白いからっていうのがあるんですけどね。

作り手さんの腕《うで》もあるんですけど、ゆっくりのあの音声ってなんであんなに面白《おもしろ》いんでしょうね。

しかしさすがに二つもがっつりやってたら身がもたないっていうか、締め切り的な意味での大人の良識を再び問われそうなのでモンハンはまったりやります。まったりまったり。

……とりあえずガンランスを属性ごとで揃えようそうしよう。

そんなことを書いている間にハンターランクが六になりました。

摩訶不思議《まかふしぎ》。

いや、不思議でもなんでもないわけなのですが。
あれです。今回のあとがきは八ページというお達しを受けているのですが……
書こうと思ったことがあまりにもあっさりと終わってしまった。びっくり。どうしよう
というのがいまの状況《じょうきょう》なので、行ごとに時間がかなり違《ちが》っている可能性があります。
いつもなら一日二日でそいやとやってるんですけどねー。
どうなることやら。
どうなることやら（涙）。
ああそうだ。やめたといえば著者《ちょしゃ》プロフィールの方では以前にさらっと書いたんですが、
煙草《たばこ》をやめました。
あとがきで改めて書くことでもないと思うんですけどねー。しかしあまりに話題がない
ので書きます。
去年の八月くらいでしたか、夜のことです。いつものようにパソコンの前でパチパチ
（キーボードを叩《たた》く音）プカー（喫煙《きつえん》）と仕事をしておったわけですが、気がつくと煙草
を切らしてしまったのです。
切らすのが嫌《いや》で、いつも、カートン買いというまとめ買いをしていたのですが、このと

きはそのカートンをまるまる切らしてしまったという状態。

いつもなら近所のコンビニに「めんどくさー」とか言いながらしぶしぶ買いに行くのですが、この日ばかりはそのしぶしぶさえも出てこない有様。

本気でめんどくさかったのですよ。

「うーん、やめるか？」

と、呟《つぶや》いてみたことでやめること決定。

そのまま今日まで無事に続いています。

さすがに最初の一ヶ月くらいはイライラしてましたけど、あれが煙草の常習性なんでしょうかねぇ。こう……『あ、いつもならここで煙草を吸《す》うタイミングだ』っていう場面に出くわすとイラッ☆としてたんですけど、どちらかというとそれは、体に馴染《なじ》んだ生活習慣を矯正《きょうせい》するから出てくるストレスだと感じたのですよ。

だから、そういうときには『もう煙草吸わないんだからその時間は必要ない』っていうんじゃなくて、『喫煙した気になるタイム』と称《しょう》して二、三分ぼへーっとしてたら意外になんとかなりました。

しかしまぁ、なに禁煙の話をまじめに語ってんだろうね。

そうそう。一月に富士見書房の新年会があったのですが、三次会やら四次会やらで隣《となり》の人が煙草を吸ったのです。

それは別に問題ない。というかほんとに他《ほか》の人が煙草吸っててもぜんぜん平気。それを実感して、うんうんと内心で頷《うなず》いてたのですが。

ただ……

そこはバーだったのですが。

「ここ葉巻あるけど誰《だれ》か吸う？」

うわっ、いいなっ！

と思ったことはその場では黙《だま》ってました。

というか、去年の八月といえば、煙草が値上がりするよーって発表されてた時期だったりするわけですが……

べ、べつに高くなるのが嫌だからやめたわけじゃないんだからね！

というわけで次回予告！

向かう先は見えた。一縷《いちる》の望みをかけてレイフォンは都市外へと旅立つ。
一方で、彼女の向かう先を見つめるヴァティは答えを得、そして世界は動き出す。

次回、『鋼殻のレギオス18　クライング・オータム』

お楽しみに！

雨木シュウスケ

富士見ファンタジア文庫

鋼殻《こうかく》のレギオス17

サマー・ナイト・レイヴ

平成23年3月25日　初版発行

著者――雨木《あまぎ》シュウスケ《しゅうすけ》

発行者――山下直久

発行所――富士見書房

〒102-8144

東京都千代田区富士見1-12-14

http://www.fujimishobo.co.jp

電話　営業　03(3238)8702

　　　編集　03(3238)8585

印刷所――旭印刷

製本所――本間製本

ISBN978-4-8291-3618-8 C0193

ス
I L
[キャラクター原案] 深遊
前代未聞の悪夢が
レイフォンに襲い来る──!!
発行:富士見書房 発売:角川グループパブリッシング